たまさか人形堂ものがたり

津原泰水

JN091210

会社をリストラされ突如無職となった澪《みお》は、祖母が遺した小さな人形店を継ぐことにした。人形マニアの青年・冨永《とみなが》と謎多き職人・師村《しむら》の助けを得て、いまでは人形修復を主軸にどうにか店を営んでいる――自分がモデルになったという、顔を粉々に砕かれた創作人形の修復を希望する美しい女性。だが、その人形が創られたのは、彼女が生まれた頃と思《おぼ》しい三十年以上前のことだと判明する(「毀す理由」)。ほか、伝統的な雛人形を有する旧家の不審死、チェコの偉大な人形劇団の秘密など、名手が人形を通して人の心の謎を描く珠玉の短編を収める。書き下ろし短編「回想ジャンクション」を収録。

# たまさか人形堂ものがたり

津　原　泰　水

創元推理文庫

# TALES OF TAMASAKA DOLL HOSPITAL

by

Yasumi Tsuhara

2009

目次

# たまさか人形堂ものがたり

# 一　毀《こわ》す理由

青い眼をしたお人形は
アメリカ生まれのセルロイド
日本の港へついたとき
いっぱいなみだをうかべてた
わたしは言葉がわからない
迷子になったらなんとしょう
やさしい日本の嬢ちゃんよ
なかよくあそんでやっとくれ
なかよくあそんでやっとくれ

どうぞ続きを、と冨永《とみなが》くんが云うので、最後まで歌ってしまった。

彼は手套《てぶくろ》ほどの大きさのワンピースを表に返し、出来映えを確認している。「なんの唄だか知ってますか」

「〈青い眼の人形〉。知らずに歌っていたとでも？」

「その人形がどんなのか」

「あれでしょう、昭和の初めにアメリカから日本の学校に贈られた、人形使節」

「ギューリックの親善人形ですね。移民の禁止などから悪化しつつあった日米関係に、心を砕いた宣教師シドニー・ギューリックが、日本の雛祭りにヒントを得て人形による親善を提唱しました」冨永くんの口ぶりは、まるで自分の家族の過去でも語っているようだ。「呼びかけは反響をよび、集まった寄付によって一万数千体が購入され、日本各地の小学校や幼稚園に贈られた。日本ではまだ洋装が珍しかった時代、人形たちは手縫いの洋服を着せられ、本物そっくりなパスポートまで持たされていました。日本中が、よほど嬉しかったんでしょう、各地で熱烈な歓迎会が催されたといいます。ちなみにこの大々的な受入れに尽力したのは、ギューリックと親交のあった澁澤榮一《しぶさわえいいち》です」

「へえ。勉強になりました。つまり正解なのね」

「澪《みお》さんにしては上出来の答――なんですが、運良く戦時中に燃やされなかった親善人形、見たことあります？」

「写真くらいは」

「それって青い眼でした?」

私の視線は店内をさまよった。青い眼――ではなかったような気がする。

「いろんなタイプの人形が混在していたようです。寝かせると眼を閉じるスリープアイもあれば、ママァって声をあげるヴォイスドールも。さっきの唄は、昭和に入って親善人形が贈られてくるよりまえのものですよ。すでにその唄が流行っていたから、碧眼《へきがん》じゃなくても『青い眼の人形』と呼ばれたんです」

「若いのに、そんなことばっかりよく知ってるのね」

「人形のことなら、なんでも勉強してますから」

「じゃあ歌われてる人形はなんなの」

「キユーピーですよ。舶来の、当時ですからセルロイドの、キユーピー人形が子供に人気があることから思いついたと、作詞者の野口雨情《のぐちうじよう》が書き残しています」

「ふうん、キユーピー」

落胆させられるような裏話ではないのに、思わず唇をとがらせてしまったのは、唄を教えてくれた女性の勘違いを指摘されたように感じたからだ。〈青い眼の人形〉は彼女の愛唱歌で、詞の人形を親善人形と主張したことこそなかったが、きっと同一視していたと思う。

十五歳の彼女は、母校に贈られた人形が燃されると聞き、非国民の誹りをも覚悟で抗議に走ったのである。人形に罪はありませんと校長に訴えた。わかっています、と校長は苦渋の色をかくさなかった。人形はすでに、若い訓導《くんどう》の手によって燃やされていた。

彼女は人形店の娘だった。家は職人たちをかかえて、抱き人形を作っていた。戦後になってヴィニル製品が登場する以前、抱き人形といったら市松《いちまつ》人形だ。厳しい物価統制下では素材の調達がままならず、若い職人たちも戦地に送られてしまい、空襲で店が全焼した時まで残っていた人形は、彼女が持ち出した一体きりだったという。

戦地から戻ってきた職人のひとりを婿にとり、玉阪屋《たまさかや》の再興を目指した彼女だったが、焼け跡からの出直しはなんにつけ思うに任せず、世田谷の職人の実家にちっぽけな小売店、玉阪人形堂を出すのがやっとだった。そのうえ、長じた息子は日本人形の小売りという家業をはなから絶望視して、後を継ごうとはしなかった。私の父である。

唄を教えてくれた女性は私の祖母だ。彼女亡きあとも祖父は独りで店番を続けたが、時代は否応なく変遷していく。やがて店の不振を補うため、裏通りに面していた母屋《おもや》が売却された。今は細長いマンションに変わっている。祖父は倉庫だった店の二階に住居を移した。

三年前、勤めていた広告代理店をとつぜんリストラ解雇され、茫然と赤坂の2DKに引き籠《こも》っていた私は、入院中の祖父から病院に呼び出された。店と住居にまつわる生前贈与の書類一式が取り揃えられていた。私は神妙にそれらを受け取った。

ところが肝腫瘍はエタノール局注によってあっさりと退治され、祖父は米寿《べいじゅ》のお祝いを待たずして、意気揚々とニュージーランドに旅立っていった。母屋の売却金の、残り半分を注ぎ込んでの移住だった。彼の余生の充実を願う一方で私は、どこか謀《たばか》られたようにも感じたのである。

狭い土地とはいえ世田谷だ、売ればそれ相応の額になる。贈与されたときは嬉しかった。だけど実際家の祖父でさえ閉店に踏み切れなかったこの店を、お祖母《ばあ》ちゃんっ子だった私がどうして閉められよう。私はまんまと、時代遅れな商売を継がされてしまったのだ。

当初はどうなることかと思っていたが、人形の小売りではなく修復に主軸を移してから、ありがたいことに店はそこそこ忙しい。ふたりの従業員も、かろうじて雇い続けられている。

ひとりはこのあどけなさを残した青年、あろうことか前途ある新卒でありながら、みずから志願して店に入ってきた冨永くんだ。修業と考えているから無給でも構わないとまで云われた。資産家の坊《ぼん》らしく、食べるには困らないようだ。お言葉に甘え、アルバイト程度の賃金で居てもらっている。

休暇をとるのに気兼《きが》ねがいらないので、今の待遇には満足している、と彼は云う。そして本当に、どんなに忙しかろうが気兼ねなく何日でも休んでしまう。遅刻も激しいのだが、待遇が待遇なのでこちらも文句を云えない。

「シムさん、ずっと工房に籠ってるの」

「たまに出てきたと思ったら、デジカメを貸してくれとか、このアドレスに画像だけメールしてくれとか。どこかになにか問い合わせてるみたいだけど」

私たちが工房と呼んでいるのは、今は長暖簾《のれん》で目隠しされている六畳だ。祖父が、冬なら炬燵《こたつ》にあたり、夏は扇風機の前でうとうとしながら、いつ訪れるとも知れぬ客を待ち侘びていた場所だ。

私自身はもちろんのこと、手芸や工作に異能を発揮する冨永くんでさえ、手も足も出ないタイプの修理依頼が増えはじめた頃、思い余った私は新聞に「あらゆる人形を修復できる方」という図々しい求人広告を出した。愕《おどろ》いたことに、応募があった。スポーツマン然とした中年男性が、ツイードの背広にネクタイを締めて面接に現れ、

「あらゆる人形とはいきませんが、たぶん世間にある半分くらいの種類なら」

申し分なかった。自宅では事情あって作業できないとおっしゃるので、ではその六畳間でどうぞと云ったら、次々に道具を運んできて占拠してしまった。それが師村《しむら》さんだ。

二階の住居には祖父がユニットバスも小さなキッチンも造っておいてくれたから、階下《した》を占拠されてもそう困りはしないが、受注が重なっている時など、早出してきた師村

さんの作業の音で目覚めることがある。年頃――は少々過ぎてしまったものの、独身の女がこの生活環境はないだろうと思い、階段の天辺に内開きのドアを付け、鍵を掛けられるようにした。しかし師村さんや冨永くんがノックしてきたことは一度もない。微睡《まどろ》みのような平和のなか、私の三十代は着々と進行している。神さま、ありがとう。

「社長」冨永くんが縫ってくれたパッチワークの暖簾を掻き分け、師村さんが顔を出した。ツイードやネクタイは特別な日専用らしく、その後はジーンズにワークシャツといった姿しか見たことがない。

「いいかげん社長はやめてくださいい。実質的には雑用なんだし」

「はい。ええと――」

「まえに云ったように澪でいいですから」

「澪さん、ご依頼の方って、若い女性だとおっしゃいましたよね」

「すみません、若いといっても私と同い年です。ケースの鍵を出された時、免許証が見えたの」

「だとしたら奇妙な点が」と彼は眉をひそめて見せた。「あの人形、見た目より古いですよ。最低でも三十年は経過しています」

最初から歳の差は感じなかった。世代なりの言葉づかいというのがある。話していてギャップはなかった。美しい貌《かお》だった。人形のような、という比喩を人形屋が口にするのはいかにも安易だが、彼女が店に入ってきた瞬間、展覧会で稀に経験する、濃く冷たいリキュールが背筋を上がってくるような感覚を私は味わった。

女性は畝川《せがわ》と名乗った。やや外見とちぐはぐな感じのハスキーヴォイスで、車の後部座席に人形を乗せてあると告げた。手伝って、店内まで運んだ。人形は、ＦＲＰ（繊維強化プラスチック）をアルミで補強した、モダンな棺桶のようなケースに入っていた。長さは一メートル以上あった。

「展示ケースをうちに注文してきた方はいらっしゃいましたけど、こういうケースは珍しいですね」

「飾るつもりはないし、家も狭いですから」

冨永くんの作業台に載せる。同じ商店街の、廃業するスペイン料理店から貰ってきた、西洋樫《がし》のテーブルである。百年は経っているとのことで見た目は瑕《きず》だらけだが、凭《もた》れても坐っても軋《きし》みひとつあげない。たいしたものだ。レジスタと私のパソコンを置いてある祖父譲りの事務机のほうが、遙かに若い計算だが、こちらは肘を突くたびにどこかが鳥のように囀《さえず》る。塗装も褐色がかってしまっている。しかしこれはこれで、捨てる気になれない。

畝川さんは有名ブランドの厚い財布から、小さな鍵を取り出した。このときカード入れに差さっている免許証の、生年が私に見えたのである。というか、つい覗いてしまっていた。

ケースが解錠され、蓋が上がる。私は息をのんだ。

内部は深紅の天鵞絨《びろうど》張りで、人形が仰向けにぴったりと塡るよう、細工されていた。アンティークかそれ風のドレスを胸の膨らみが押し上げ、ウェストラインは痛々しいまでにくびれている。和洋の技法を折衷《せっちゅう》したところの、大型の創作人形――私の語彙《ごい》のうちでは、ほかの形容表現が見つからない。

私が息をのんだのは、残念ながら、人形の出来映えに対してではなかった。

胡粉《ごふん》でお化粧された手足は、灯りを仕込んであるがごとく一点のくすみもなく、人毛と思しき頭髪は、よほど艶に恵まれた人から譲られたのだろう、あるじを変えてもなお濡れたような輝きを帯びている。だのに切り揃えられた前髪の下は、固い物で殴打されたらしく、大きく凹《へこ》んで、崩れ、人間ならばありえない内部のうつろが暗く覗いているのだった。

すなわち、その美しい人形には顔が無かった。何者かの手によって破壊され、存在を打ち消されていた。いきおい鮮やかな天鵞絨の内張りは、本来彼女を満たしていた液体によって、その色彩を呈しているようにも感じられた。

「いったい」私は言葉に詰まった。

「事情をお話しするのは」と畝川さん自身も口籠っていた。「莫迦なことをした人間を、たとえ気持ちのうえでも、今は責めたくありませんし」

「すみません。穿鑿《せんさく》する気はないんですが、ちょっと驚いてしまって。ほかの部分との落差が――」

「ここまで崩れた顔でも、玉阪さんでは修復できますか。ホームページに『諦めてしまっている人形も、まずはご相談ください』とありましたので、運んでみたんですが」

夜だった。来店の連絡は受けていたのだが、遅くなりそうだというので私ひとりで店を開けて待っていたのである。「今は職人がいませんからなんとも。ただ、いずれにしても既製品ではない以上――違いますよね？――元の状態のお写真がありませんと、うちの職人にもどう復元すればいいものか」

「写真ならたくさんあります」

彼女がバッグから取り出したのは、大判のプリントがぎっしりと収められたポケットファイルだった。さまざまな照明の下、さまざまな角度から同じ顔を撮り、いろんな縮率で焼いてある。眼、鼻、唇といったパーツだけを極端に拡大したものもある。拡大しすぎて画面がざらついている。

しかし、ドレスがはっきりと写り込んだ一葉《いちよう》を目にするまで、私はそれらを人形の過去の顔とは気付かずにいた。目の前の畝川さんを撮ったものだと信じこみ、別種のファイルを渡されたようだと内心首をかしげていた。

まったく同じ顔だったのだ。

「私がモデルなんです」と彼女は初めて顔をほころばせ、そのあいだだけは人形めいて見えなかった。

「持ち主さん、瓜二つだとおっしゃいましたね」師村さんは改めて確認してきた。

「ええ」と頷く。「ご本人も自分がモデルだと」

「それでいて、社――澪さんと同い年」

「そうです」

「だとすれば、十代の半ばでモデルになったとしても、二十年足らずまえの話じゃないと筋が通らない。しかし人形は確実に三十年以上前のものです。どういうことでしょうか」

「どういうことって――」私のぎくしゃくした思考回路は、ときおり完全に停止する。

「どうもこうも、要するに人間が先か、人形が先かって話でしょ」こんな時、冨永くんはフィクションを楽しんでいるがごとく、奇妙に冷静だ。そういう世代なのだろうか。

「シムさんの見立てで三十年以上前なら、それは信ずるに価《あたい》する。ということは人形が先。似せたのは人間のほう」

私はぽかんと唇を開いた。「――美容整形？」

「はい。だいいち顔ばっかりのファイルなんてさ、医者に見せるための資料としか思えません」

「でも本当に、どこもかしこもそっくりだった」

「最近の技術は凄いから。いちおうシムさん、年代を特定した根拠を教えてもらえますか。ていうか、そもそもどんな人形なの。工房覗いていい？」

「もうすこし後にしてください。今は破片を広げてあるので足の踏み場がありません。ファイルなら」

彼は一度工房に引っ込み、畝川さんのファイルを手に戻ってきた。

冨永くんは表紙を開くや、大きく息を吸い、「こりゃ凄い。一種の活人形《いきにんぎょう》だ。産毛《うぶげ》が生えてたら僕でも人間と錯覚するかも」

「見た目の仕上がりが人形の全てと考えるならば、大変な傑作と云えます。顔面を除けば、保存状態も素晴しい。ただし一皮剝くと――まず胡粉の上塗りが、相当な回数やり直されています。混ぜる顔料を変えながら理想の肌色を追求したんでしょう。かなりの期間、作家の手許で試行錯誤を繰り返された人形ですね。義眼の破片も残っていました。ペーパーウェイト型のずいぶん古い物です。アンティーク人形からでも流用したんでしょうか」

日本人形に義眼を入れる場合、舟形のそれを表から接着して上に胡粉を盛り、刀で目を切りだす。だから正しくは、眼を切る、という。一方、畝川さんの人形の頭部は、中ががらんどうだった。義眼を内側から固定する、西洋のビスクドールなどに見られる技法である。

「下地は石粉粘土。破片は大半、かしらの中に残っていましたが、全部をパズルのように繋ぎなおすにはスーパーコンピュータが必要でしょう。そっくりな顔面を作って嵌め込めば、まあ見た目ばかりはなんとか――」

「できますか」

「努力はします。それからかしらの内部や破片の内側に、新聞紙の切れ端や反転した文字が」

「新聞紙で芯を？」冨永くんが呆れ顔をする。「抜く時は簡単だったろうけど、また厄介な」

「どう厄介なの」

という私の問いに、彼は別種の呆れ顔で、

「粘土の湿気を吸って、芯が膨張するじゃないですか。顔が崩れる」

「そうか」

「内側から眼を入れたいなら、膨張しない素材を芯にし、生乾きのうちに割り外して繋ぎなおしたほうが手っ取り早い。近年の作家だと発泡スチロールなんかを芯にして、完全に乾くのを待ってから中身を掻き出すって人も多いですね。そういったノウハウに無縁な作家が、よっぽど時間をかけて、修正を繰り返しながら製作した人形だってこと」

師村さんも頷いて、「そのような意味においては、伝統からも既存のルールからも逸脱した人形です。職人の仕事ではなく、いわば芸術家の習作」

「三十年以上前っていうシムさんの見立てはさ、残っていた新聞の文字の日付や記事から？」

「いえ。まあそれも傍証にはなりますが、当時すでに古新聞だったものを使ったかもしれないですし」と師村さんはかぶりを振り、私に向かって、「作者について、持ち主さんにお尋ねになりましたか」

「具体的には、なにも。すでに亡くなってしまい、だから修復は諦めていたと深刻そうにおっしゃったので、なんとなく名前は訊けませんでした。師村さんならわかると思ったし」

「わかりませんでした。しかし尋ねたところで正直には教えてくれなかったでしょうよ。そんな気がします。かろうじて繋がった破片の内側に、サインらしきものが見つかりました。『R・R』。イニシャルだとしたら、そして日本人だとしたら、たいそう変わった名前です。社──澪さん、あの人形の衣服、脱がせてみました？」

「ううん、預かったままで師村さんに。あれ以上毀れたらと思うと怖くて」
「冨永さんが活人形とおっしゃいましたが、まさにその縮小版と申しますか——単刀直入に云えば、乳房や臍《へそ》、性器に至るまで精巧に作りこんであります。陰毛も生えています。その部分の地肌にも刺青を模した文字が入っていました。毛を掻き分けなくてはわかりません。漢字で『龍』と。そちらだけ見ていたなら確信はもてなかったでしょうが、R・Rとの符合で、きっと作者名だと」

イニシャルがR・Rで、姓名のどちらかに龍の字のある人形作家を知らないか。そう師村さんは「古くからの知合い」に問い合わせたという。具体的に誰に対してかは教えてくれなかった。ときに私たちが苛立ってしまうほど誰に対しても腰の低い師村さんだが、私生活に関しては何をどう尋ねられようが頑《かたく》なに語らない。お教えしないと仕事に差し支えますか、と真顔で問い返してくる。気付いてみれば私と冨永くんは、彼が所帯持ちなのか独身なのかすら知らない。

先刻、工房で珍しく師村さんの携帯電話が鳴っていた。すなわち「古くからの知合い」が該当する作家を発見したのである。
「京都の作家で、名は、本名ではないと思いますが冷泉龍佑《れいぜいりゆうすけ》。より小ぶりで、よりファンタジック——悪く云えばグロテスクな創作人形を得意としていたようです。しかし、ディテールへの執着や、まったくの独学で人形作りを修得したことなど、同定しうる条件を充分に備えている。ただしちょうど三十年前、若くして病死しています。だから彼の作品であるならば、今の持ち主さんがモデルだというのは考えられない。せいぜい幼児をモデルに、その成長した姿を作ったことになってしまいます」

その晩、私は考えられる修復の内容と、そのために必要な期間やお金を、電話で畝川さんに伝えた。納期も費用もかなり厳しいことを伝えざるをえなかったのだが、彼女はおおいに喜び、ぜひ頼みたいと云った。感謝の言葉を連ねられた。

職人のことを問われ、私は誇らしい思いで師村さんの名とその腕前を語り、和《なご》やかな会話となった。私は思い切って冷泉龍佑の名前を出した。氏の作品だとしたら三十年は経過しているはずだと彼が云っていますが――と。

彼女は人形を冷泉の作品だと認めた。そしてこう続けた。「父です。あの人形はよく私の生き写しと誤解されてきました。私も厭《いや》な気はしないので、つい訂正しないでおく癖がついてしまって――。人形のプロを相手に、莫迦ですね。モデルは、冷泉を追うようにして死んだ母です。生き写しなのは、むしろ私と母なんです」

疑問が解けたと感じた私は、翌日、師村さんが工房から出てきたところで、その話を披露した。

「――だから、美容整形ではなかったというわけ」

ふうん、と冨永くんは急に興味をうしなったようである。「食事、行ってきていいですか」

「不思議なお話ですね」と師村さんは師村さんで、なにやら釈然としないようだ。「人形を直したがっておられるのは、いったいどなたなんでしょう」

「もちろん畝川さんです。毀した人については、話したくないと仰っしゃってて——」

冨永くんがドアの前から、「本人が破壊したんでしょ」

「畝川さんが？　まさか。あ、作家自身かも」

「なわけないじゃん」と失笑された。「もちろん今の持ち主だよ。だって本人の話からすれば、彼女がそれそっくりに成長するまで、人形の顔は残存していた。ファイルの写真だって、親から受け継いだ古いものには見えないし。一方、作家とモデルは大昔に死んでる。だから毀したのは、消去法で今の持ち主。納得？」

「でも、話には出てきてない、別の人間ってことも」

「どうかな。ねえシムさん」と意味ありげに投げかけて、「続きはシムさんとどうぞ。僕は行ってきます」

「あんまり遅くならないで。私、銀行に行かないと」

「じゃ、二時までには」

「二時間もかけて、フルコースでも食べてくる気？」

「いいね」と、どこまで本気か知らないが真顔で云い、カウベルを鳴らして出ていった。

私は師村さんのほうを向き、「ふたりで、なにか推理してたんですか」

「いいえ、私にはなんの考えも」と彼は顔の前で手を振った。「冨永さんに人形の現状をお見せしたとき、その丁寧な毀され方に驚かれまして」

「丁寧？」

「表現が不適切ですね。執拗な——いやしかし、どこかしら丁寧さを感じさせるんです。顔面以外はまったく無瑕に保ちながら、時間をかけて、ちまちまと。そんなことができるのは持ち主以外にありえないと冨永さんが云われまして、私も、確かにそうかなと」

私の脳裡を、一つの記憶がかすめた。畝川さんは保管ケースの鍵を財布から出したのである。誰にでも開けられるケースではないのだ。

「なのに、大金をかけてでも元の状態に戻したいと。いったい誰の意志なんでしょう」

「畝川さん自身が熱望しているように見えました。電話でも凄く喜ばれてたし」

「そうですか——」畝川さんとじかに接したことのない師村さんには、得心がいかないと見える。

「大切なことなんでしょうか、誰が人形を直したがっているかというのは」

するとと師村さんはびっくりしたように、「無論です」

お客が話したがらない内情に、私たちが立ち入ることはできない。顔を毀したのが畝川さん自身であったにせよ、修復を依頼してきたのも間違いなく彼女だ。その口から語られたことと、人形が無言のうちに語りかけてくることが、私たちの知りうるすべてだった。

師村さんは疑念をかかえたまま作業に入ったが、そうでなくとも大修復なのだ、易々と進むわけもない。他の仕事だっていくつも抱えて、そちらはそちらで進めてもらわねば店が困る。

彼が休日の多くを返上し、冷泉人形への試行錯誤を重ねているうち、季節は移ろった。

†

吹き込む寒風。

すみません、すみません、と予め謝りながら、着膨れした音田《おんだ》さんが店に入ってきた。手を握られた大樹《たいじゅ》くんはドアの前で身を竦《すく》ませて、それ以上動こうとしない。ちょっと大樹、大樹、と音田さんはしきりに腕を前後させ、まるで走る真似をしているコメディエンヌのように見える。

「大樹くん」冨永くんが道具箱の下の抽斗《ひきだし》を開け、テニスボールを取り出して床に放る。彼はいつもこの種の物を身近に隠し持っているのだ。

補修跡だらけのコンクリの床を、黄色いボールが跳ねていく。きれいに閉じなくなっていたドアを交換したとき、床もなんとかしましょうと工務店に勧められたのだが、予算の都合、それに子供の頃から見慣れた罅《ひび》割れ模様を潰してしまうのがなんとなく厭で、そのままにしてある。

年齢よりも幼く見える小二の男の子は、母親の手を振り払ってボールを追った。首尾よくミトンの間に収めて、「本物?」

「もちろん。ウィンブルドンでも同じボールだよ。持ってな。お母さんの用事が終わるまでおとなしくしていたら、なんと、うちに持って帰っちゃってもいい」

大樹くんは喜――ぶかと思いきや、これといって反応しない。ボールに印刷された文字を見つめている。

「その代わり、騒いだら即座に没収」

「いやだ」と今度は応じた。ちゃんと聞いてはいるらしい。収納を兼ねて置いてある、箱型のベンチに腰をおろした。

「おとなしくね」冨永くんは母親のほうに向き直り、「またですか」

音田さんは申し訳なさそうに頷き、マーケットのレジ袋からそれらを取り出して、冨永くんの作業台に並べた。

明るい褐色のフラシ天で被われた頭と胴体、二つの耳、二本の腕、二本の脚、そして二つの、茶と黒に色分けされた硝子の目玉。縫いぐるみには、テデちゃんというニックネームが付いている。大樹くんがそう呼んでいるのは聞いたことがないから、名付けたのは彼の母親だろう。

先月テデちゃんを店から送り出したとき、その手足は頭部と同じく、自在に回転させられるよう割りピンとファイバーボードのジョイントを介して、ちゃんと胴体に繋がっていた。冨永くんがそう、新品同様にまで再生させたのである。二度めの再生だった。今は付け根だった箇所から、伸びてしまった割りピンが覗いていたり、ひどい部位ではファイバーボードの円盤がまるごと引き出されている。

銀座のデパートの創業百年を記念して限定販売された、イギリス製テディベアのうちの一体だ。前世紀初頭の素朴なベアを意識したコレクター向けの品で、市場価値は低くない。ばらばらになっていたにもかかわらず冨永くんが、「僕の手許のどれかと交換してくれないかなあ」と呟いたほど。「冨永さん、お客さんの熊ちゃんです」と師村さんが、お説教を始めそうな勢いでかぶりを振っていたが。

さて、自分が誕生したとき親戚から贈られたこの縫いぐるみに、大樹くんは未《いま》だ依存していて、かたわらに抱いていないと決して眠れないという。母親は心配顔だが、この点について私は無責任にも楽観的だ。眠るときもすこし灯りが点いていないと不安だとか、本を読みながらじゃないと入眠できないといった、子供の頃の癖を残したおとなはいくらでもいる。

将来彼女でも出来た時——と母親はずいぶん先の心配をしているが、容認してくれる女性を探せばいいのだ。容認される男に成長すればいいのだ。かりにジョニー・デップがテディベアを抱いて寝ているとして、いやバービー人形を抱いているとしたって、そんなことが妻や恋人との危機の種となろうか。私だったら気にしない。大概のことを気にしない女が日本にいますよ、ジョニー。

しかし大樹くんのもう一つの癖に対しては、さすがの私も問題を感じざるをえない。商売人としてはありがたいのだが——。

「いっそスナップ留めにしますか?」冨永くんが音田さんに問う。「そしたら、ばらばらになっても、ぱっちんぱっちんで元通り」

「そんなこと出来るんですか」

「古いシュタイフにそういう製品があります。レプリカだったら手にしたことがあって、構造を憶えています。それは手足と頭だけだったけど、耳も、それから眼もスナップ式にしてしまうってのはどうでしょう。色違いや形違いのパーツを作ればそれで遊ぶこともできるし。限定ベアとしての価値はなくなりますが、これだけ修理を重ねてるんだから同じことでしょう」

音田さんは息子を振り返り、「取外し式に出来るんだって。大樹、そうしてもらう?」

大樹くんはテニスボールをベンチの座板に押し付け、その弾力を確かめるのに夢中だった。「どっちでもいい」

　玉阪人形堂に転機をもたらしたのが、冨永くんと彼のまとった強運であることは、何《なん》人《びと》にも否定しえまい。彼が入った時点での店は、いかに優秀な経営コンサルタントでも匙《さじ》を投げてしまったであろう、ヴィジョンも夢も希望もない、日本人形の零細小売店に過ぎなかった。

　彼を雇ったのは、当初、ただの店番としてだった。そのあいだに私が就職活動するつもりだった。余所《よそ》からの給料を注ぎ込んで延命できるあいだは頑張り、その目処《めど》がなくなった時点で潔《いさぎよ》く閉店する覚悟をきめつつあった。

　自分の作った人形を試しに売らせてくれないか、と採用されたての彼が頼んできた。抱えて出勤してきた、やたらと大きなバスケットの蓋を開けた。私は思わず歓声をあげた。体長三十センチほどの、色とりどりのテディベアがぎっしりと詰まっていた。

　売れなくても、持ち帰ってほしくなかった。祖父が物入れにしていた大火鉢に板を敷き、バスケットごと陳列してみた。それだけで店全体、ぱっと明るくなるから不思議なものだ。

　一体だけは、値札と一緒に窓辺に飾った。奇蹟的に木枠のまま残存している人形堂の窓は、現在となってはお金をかけて誂《あつら》えたようにも見え、私の密かな自慢である。ドアの雰囲気もそれに合わせた。

ベアにまず飛びついたのは、地元の女子校の生徒たちだった。厳選した素材による手作りとのことで、つまり材料費だけでも決して安くない。量産品とは比較にならない価格を設定せざるをえなかったのだが、お小遣いをためて買いにくる女学生が引きもきらず、最初のバスケットの中身はふた月で完売してしまった。

店番の、一見すると物憂げな青年の手作りだという点も——いやじつはその点こそが、人気の最大の理由であったろう。

店に初めて人形の修理を頼んできた少女のことを、きっと私は死ぬまで忘れない。バスケットの中身を一体ずつ手にとり、真剣に見つめていた。

「いま持ってるそれ、お勧めだよ」と冨永くんが声をかけた。

彼女は浅くかぶりを振って、「手作りって書いてありますけど」

「うん、オール・ハンドメイド。型紙も僕がおこしたから、同じベアは世界中のどこにも売ってない」

「おにいさんが——？」

「はい」

彼女はまたバスケットに視線を落としてベアたちを眺めていたが、やがて意を決したように、「じゃあ縫いぐるみの修理もできますか」

「たいができるよ。こんど持ってきてみて」

「いま持ってます」

彼女が鞄から取り出したのは、より小ぶりな熊だった。全体に細長く潰れ、片方の眼は失われ、脚も片方しかない。

手渡された冨永くんは、難しい顔で、「自分で直してみようとは思わない？　針と糸の使い方くらい家庭科で習ってるでしょ」

安手のフェルトを接着剤で繋いで、化繊の綿を詰めただけの、縫いぐるみと呼ぶこともできないような代物だったのだ。

「できるのかもしれませんけど——私なんかがやったら、魂が抜けちゃうような気がして」

少女の言葉に感ずるところがあったようで、冨永くんは態度を変えた。「これ、ゲームセンターの景品だよね？　はっきり云って原価は百円もしないし、ゲームの巧い人に頼めば、せいぜい数百円で同じ物が入手できると思うけど」

「それはだめです、これじゃないと。本当は取れた脚も大切にしてたんですけど、お母さんがごみだと思って捨てちゃって——」

冨永くんはだんだん笑顔になった。少女のことが気に入ったようだった。「ここでベアを売りはじめた時から決めてることがあってね、たとえわずかな人たちからでもお金をいただいている以上、僕はプロだから、無料の仕事には針を握らない。相応しい時給と材料費に、この店のマージンを加えて請求します。ざっと見積もって、そう——君がもうすこし頑張ってお小遣いを貯めれば、そこのベアが新品で買える金額になる。それでも構わないというなら引き受けましょう」

少女は浅く、それから深く頷いた。

店を出ていこうとする彼女に、冨永くんはこう云い足した。「出来映えが気に入らなかったら、一銭も払わなくていいよ」

「ちゃんと払います」

「だから気に入ったらね。それもプロとしての誇りだから」

冨永くんは材料を買出しに出掛け、戻ってきてその日のうちに修理を完成させた。仕上がりを見た私は、一抹の不安にかられた。予感は的中した。

数日後、再び店を訪れた少女は、冨永くんが自信満々に取り出した自分の熊を見て、え、と呟いた。同時に冨永くんも顔色を変えたのである。

修理の出来は素晴しかった。失われていた脚はそっくりな色のフェルトで作り直されて、どちらが本来の脚かわからないほどだったし、プラスチックビーズの貼付けだった眼は、ヴィンテージベアのような木の釦《ボタン》に換えられていた。中綿も詰め替えられてふっくらとした本来のプロポーションを取り戻している。なにより接着剤で合わせてあったフェルトの継目が丁寧にステッチされ、あの安物が、ちょっとした高級感すら漂わせるに至っていた。

すなわちそれは、同じフェルトを流用した別の縫いぐるみだったとも云える。冨永くんはサーヴィスしすぎたのだ。少女は修理代を払おうとしたが、彼は断固として受け取らず、後で、予定していたのと同額を私に対して支払った。「お店の売上げですから」

その日の彼はずっと物思いに耽《ふけ》って、私ともほとんど口をきかなかった。

翌日のお昼時、少女はまたやって来た。外から冨永くんがいないのを確認して入ってきたようだ。彼は昼食に出ていた。

彼女は修理代を私に押しつけて、「ゆうべ家で机の上に置いて、それから朝起きてからも眺めてたんですけど、やっぱり直す前より今のほうがずっといいです。だからあのおにいさんに」

私はありがたく受け取った。「あの熊、誰がくださったの？」

秘密です、と彼女ははにかんで教えてくれなかった。

この時の経験はその後の冨永くんを、人形に対してより真摯《しんし》にさせたと思う。市場価値よりも厳然とした価値が人形にはあり、それは持ち主が自由に決めるべきものなのだ。

冨永くんの開眼《かいげん》を見計らったように、思い入れは深いが再生を諦めていたマスプロダクションの人形を、修理に持ち込んでくるお客が現れはじめた。どこで店を知ったのかと問うと、インターネットだと云う。

女学生たちのブログで、店がさかんに取り上げられていることを私は知った。冨永くんが再生させた熊の写真も、彼謹製テディベアの写真もざくざくと出てきた。店外から隠し撮りした冨永くんのポートレイトまで、私は発見した。

彼は私に予言した。「澪さん、この店は甦りますよ」

根拠なき予言でなかったと私が確信できたのは、持ち込まれたソフトヴィニルのレスラー人形を、彼が新品同様にしてしまった時だ。ちぎれてしまったが最後、諦めるほかない素材だと思っていた。市販の瞬間接着剤であっさりとくっついてしまうなんて。

音田親子が帰っていってからしばらくして、いや違う、と冨永くんは大声で独り言ち、またもや手足も耳も硝子の目玉も失い、フラシ天のこけしのような姿に戻ってしまったテデちゃんを手に、じっと考えこんでしまった。

私と師村さんに彼の煩悶《はんもん》は理解しかねた。

「スナップ留めっていいアイデアじゃない。同じ結果になるのを予測しながらまた同じ対処だなんて阿漕《あこぎ》だし、どっちにしても音田さん、これ以上は店に来ないような気もするし」

「私もユニークで良心的な提案だと思いますが、なにか気になる点でも?」

「うまく云えないんだけど――アイデアに賛同してくれたのは母親であって、大樹くん自身じゃないって点かな。本当にそういう改造が求められてるのかなって」

「大樹くんは『どっちでもいい』って云ってたんだから、いいんじゃないの」

「だから、彼の返事はそうだったんですよ。どっちでもいい。それが欲しい、じゃなかった」

「眠くないあいだは熊のことなんか一顧《いっこ》だにしないって、音田さん云ってた。あの時は眠くなかったから興味が持てなかっただけでしょ」

眠くなると急に「僕の熊は?」とテデちゃんを探しはじめるのだそうだ。うっかり家に残して里帰りした時が大変だった。ゆめうつつの状態で、熊、熊、と探し、そのうちぱっちりと目を覚まして本を読むようせがんだり空腹を訴えたりする。しばらくするとまた熊を探す。大樹くんのみならず両親も祖父母も一睡もできず、やむなく翌日、父親がテデちゃんを取ってくるためだけに何百キロも車を走らせたという。

知能障碍はないんです、と音田さんは何度も強調していた。ただ寝惚けやすいというか、おそらく夢遊病の気がある。そんなにも溺愛されているテデちゃんなのに、朝、両親が息子の寝床を見ると、しばしば手足や目や耳が引きちぎられている。

なんでこんな――と問い詰めるも、覚醒した大樹くんは、わかんない、ともはや興味がない。そして夜には、その無残な見た目を気にする様子もなく、頭と胴体だけを抱きしめ、安眠するのだという。

テデちゃんの受難は、大樹くんが小学校に入ってから始まった。当初は母親がジョイントを無視して縫い合わせていたが、直しても直しても、半覚醒状態に特有の子供とは思えない剛力で、いつの間にかまた引きちぎっている。

きっと自分が直してしまうからありがたみを感じず、それが無意識の行動に反映されるのだろうと音田さんは考えた。そして日曜の外出時、息子の手を引いて玉阪人形堂に寄った。なるほど考えたものだ、そういう理由での修理のニーズもあるのかと、話を聞いて感心した。

その晩に間に合わせたいという音田さんの希望に応じるべく、冨永くんは頑張った。昼食に出ていったが最後、ときには三時間くらい平気で戻ってこない彼が、私に薬局で栄養ゼリーと栄養ドリンクを買ってこさせて、日が落ちるまで作業台の前から離れなかった。そして修繕が終わるや、みずから走ってそれを音田家に届けたのである。

音田さんが今も通ってくることで明らかなように、彼の頑張りは無駄骨だった。二週間後、テデちゃんはばらばらのパーツとして人形堂に舞い戻ってきた。音田さんはすでに修理を諦めており、ただ教育の一環として息子に謝罪をさせるため訪れたように、私には見えた。

しかし冨永くんはむきになった。「パーツは毀れても無くなってもいないし、アフターケアということでお安くできますよ――澪さん、そうでしょう？　もちろん今夜までに完成させられますが、どうなさいますか」

彼の勢いにおされて、それなら――と音田さんは、再びテデちゃんの残骸を置いていった。私は薬局に走った。冨永くんは前回よりも手際良く修理を完遂した。そのまた二週間後が、今日である。大樹くんに投げ渡されたのがお菓子のおまけの昆虫フィギュアではなかったこと以外、さっきの光景はまるでデジャ・ヴのようだった。

「引っ掛かってるんですよ。僕はなにかを忘れてる」冨永くんは幾度となく吐息した。素晴しいアイデアを思いついたはずの彼がそんなふうでいることが、私にはただ不可解だった。

「そろそろ食事に出てきます」師村さんがウールの半コートを羽織りながらドアに向かい、

「――付き合う」と私もあわててジャケットを摑んだ。「冨永くんはゼリーとドリンク？」

「うん、お願いします」

ドアの外で、師村さんはきょとんとして私を待っていた。「珍しいですね。でも私の昼食なんてろくなものじゃないですよ」

外食は肌や体重やお財布にトラブルが出やすいので、なるべく二階で自炊するようにしている。まあそれ以前の話として、三人のうち誰かが必ず売場か工房にいなければならないため、私が師村さんと昼食を共にできる機会は滅多に無いのだ――冨永くんが風来坊なだけに。

「ご相談ごとでも?」店からすこし距離をおいた頃、師村さんが訊いてきた。

鋭い、と思ったが、具体的に何をどう話せばいいのかわからない。「いえ、たまには一緒にと思って。もう家にろくな食材が無いし」

「もし冨永さんのことでしたら、ご心配には及ばないでしょう。ああいう天才肌の人ですから、私のような凡人には気分を読み取りにくいところがありますが、あれは職人が手順を考えている顔ですよ。前向きな顔です。若い職人のいちばんの美点は、若いお客さんと心を通わせやすいことです。彼はおそらく、大樹くんになりきって考えようとしている」

彼の言葉にはいつも説得力があり、私にも深く伝わる。いっぽう冨永くんの言葉は、正直云ってほとんどが表面的にしかわからない。彼がアルバイト同然にふわふわと店先を漂っているあいだだったら、不条理でユーモラスなやり取りとして面白がってもいられたが。

最近見えはじめてきた冨永くんの実像は、芸術家だ。人形屋――でも人形修理屋でもいいのだが、その経営者としての私が長く接していけるのは、継承を美徳とし不変を心掛ける、職人たちだろう。変化を以てみずからの宿命と任ずる芸術家たちにとって、血の巡りのわるい人形屋の経営者など、本当は唾棄《だき》すべき相手ではないか。

——そんなことをぐるぐると考えながら外に出てきた。ところが師村さんが冨永くんを躊躇なく職人と呼んだことで、前提がくずれてしまった。

「饂飩《うどん》でも食べますか。駅前の新しい讃岐饂飩、落ち着かない店ですが味はわるくないですよ」

「いつもそういう昼食なんですか」

師村さんは頷こうとして、とりやめた。「いいえ、じつは公園で食べるのがほとんどです。パン屋でサンドウィッチなど買って」

「寒いのに」

「食事中くらいは仕事のことを忘れるようにしています。でもお店だと必ず人間の顔が近くにある。つい手掛けている人形のことを思い出してしまって、そうなるともう、どこで何を食べたかも後で思い出せないんです。一生のうちにとれる食事なんて限られてるのに、勿体《もったい》なくてね。ところが寒空の下で震えながら食べたツナサンドの味は、不思議と決して忘れない。どうせ人形堂に帰れば暖かいですしね」

「じゃあ今日もそうしましょう」と提案しながら、私は胸の高鳴りを意識していた。家族の有無すら教えてくれない彼が、初めて私に垣間見せてくれた私生活の一端だったからだ。

サンドウィッチはここが美味しいんですよ、と彼が教えてくれた店――うらぶれた感じの店構えに臆して、私は入ったこともなかった店――で、セロテープ留めのヴィニルに包まれたサンドウィッチを幾つか買いこみ、駅の並びのダイナーでは紙コップ入りの珈琲だけ買って、そのまま踏切向こうの公園まで足をのばした。

「畝川さんのお人形、どんな具合ですか。まだだいぶかかりそう？」

「技術的な問題点は、おおむね解決しているものの、そう――」と師村さんはいったん語尾をにごした。やがて意を決したように、「無駄に思われるかもしれませんが、私を一度、京都に出張させていただけませんか」

「京都って――冷泉龍佑についてなにか？」

「まあ、そうです。少々思うところがありまして。私の我侭《わがまま》ですから、あるていどは自腹を切っても。日数も最低限で済ませます」

「修復に必要なことなんですね」

内心で自問自答しているかのような沈黙のあと、「必要です」

「だったら店で負担せざるをえません。贅沢な旅はさせられませんが」

「すみません。冨永さんの熊ちゃんに対する姿勢が、あの冷泉人形への知識が自分には決定的に欠けていることを教えてくれました。このまま作業を貫徹しても、誰からも好まれない人形に化けさせてしまいそうで」

同じ作家のほかの作品を眺めにいくのだろうか。ひょっとして冷泉龍佑はまだ生きていて、それを師村さんは嗅ぎつけたのでは、という突飛な考えすら泛んだが、具体的な用件は問わずじまいとなった。冨永くんならともかく師村さんが、なまなかな動機で無理を云いだすはずはない。にもかかわらずこの人は、私なんかに穿鑿されたら、たちまち自分を抑え込んでしまうような気がする。

週末だからだろう、ずっと故障しているのだと思いこんでいた噴水が、稼動していた。それを眺められるベンチに掛け、紙袋をランチョンマットにして食事を始めた。

空を飛行機がわたっているあいだ顔を上げていた以外、師村さんはほとんど噴水ばかりを見ていた。ときおり視界を遮る人影は気にならないようだ。私も倣って水の動きを見つめながら食事していたので、たくさんの荷物をさげた女性が会釈《えしやく》している姿を認識しつつも、誰にむかってやっているのだろうという程度にしか感じていなかった。男の子が近づいてきて初めて、音田親子だと気付いた。

「僕の熊、もう返して」と大樹くんは私に小声で云った。

私ははたと相手を見返し、それから師村さんを見た。彼は小さく頷いた。

大樹くんはすこしも眠そうではない。にもかかわらずテデちゃんを心配している。一顧だにしないというのは、その風変わりな言動への、単純な誤解だ。彼の神経は十全に周囲に行き届いている――私たちに対してさえ。

「ごめんなさい、ここには持ってないの。今、あのおにいさんが一所懸命に直してて、夕方までにはきっと出来るから。また新品みたいにしてあげるからね」

どうしたことかその瞬間、幼いまなざしに不安の翳《かげ》が差した。すくなくとも私にはそう見えた。

冨永くんは作業に入っていた。縫針を巧みにあやつりながら、「音田さんに電話を」

「なんて？」

「もう出来ますから店に来てほしいと」

「いいの？　まだまだみたいに見えるけど」完成間近とはとても思えない。熊の手足も、耳も眼も、まだ作業台に個別に並んでいる。

「大丈夫です。あ、必ず大樹くんも一緒にと」

小一時間して音田親子がやって来たとき、冨永くんの作業台は綺麗に片付けられていた。彼が道具箱の陰から取り出したテデちゃんの姿に、音田さんはただ落胆から来たとは思えない、強い調子の吐息をもらした。

頭と胴体。破れを補修されてはいるけれど、冨永くんが親子に披露したのはただそれだけの、再生には程遠い代物だった。

「無理でしたか」と、それでも音田さんは辛抱づよく笑顔をこさえた。

「いえ、スナップ釦《ボタン》を付けるのは、多少補強は必要でしょうが簡単です。それでもこの状態でお渡しするのは、これが今の大樹くんが求めている自分の熊の姿だと気付いたからです。もしスナップ留めにしたら、音田さん、今度は彼は胴体からスナップを毟《むし》り取るでしょう」

自信の無さの裏返しか、冨永くんの口調が少々高飛車だったのは、私も認めざるをえない。

音田さんは憤然と、「すみませんけど、素人にもわかるように説明してくださいませんか」

「喋るほうの専門家じゃないんで。でも僕なりに頑張って説明してんですから、まあ最後までお付き合いください。この頭と胴だけのベアを眺め返していて、僕は、自分を含むおとなたちの、とんだ見落としを発見しました。頭と胴体のジョイント、すなわち頸《くび》にあたる部分――ここだけは、縫糸に至るまでオリジナルです。パーツというパーツを無意識に引きちぎってしまうと思われていた大樹くんが、胴から頭をちぎることだけは一度もやっていない。おそらく、そうすると『人形が死ぬ』からでしょう。つまり大樹くんはこのベアを自分なりに大切にしている。そして抱いて眠るとき違和感をおぼえる部分だけを、冷静に排除してきた」

「わかっていてやってると云うんですか。だからこの子には、こんな惨《むご》たらしい縫いぐるみで充分だと？」

「そんなこと言ってませんって。これは彼の、一種の作品であろうって話です。少なくとも無軌道な破壊衝動の産物なんかじゃない。人は人形に自己投影します。というより人形というのは、そもそも自己投影のためのツールと云ってもいい。この縫いぐるみ――眼が無い、耳が無い、手足も無い小熊は、大樹くんの自画像です。芸術表現です」

ゲイジュツ？　と音田さんが発すると、それはなぜか外国語のように響いた。

「はい、しかも高度な。異論をお持ちにせよ、まずはちょっとだけ、大樹くんと話をさせてもらえませんか」

高度な表現という言いまわしに心を動かされたのか、音田さんは手を握りしめたまま背後に隠すようにしていた大樹くんと、立ち位置を替わった。背中を押した。

冨永くんが差し出した手足の無いテデちゃんを、大樹くんはほっとしたように受け取った。

「修理が出来たよ。今夜もその熊と話しながら寝るといい、心のなかで」

大樹くんは作業台を見回している。

「ほかのパーツは、あの道具箱に大切に保管してある。君がその熊に、眼が必要だと思ったら眼を、耳が必要だと思ったら耳を、この店に持ってきさえすれば僕がすぐに付けてあげる。どういうときだか予想がつくかな」

男の子は首をかしげた。

「君が毎日でも眺めていたいと思うような素晴しいものを見つけた時、熊に眼がついてなかったらその話がうまくできないだろ？　どう説明しても眼の無い熊は理解してくれないよ。楽しい音楽や嬉しい言葉を聞いた時、熊にそれを教えてあげたいと思ったら今度は耳が必要だ。今のこのテデちゃんに伝わるのは君の、ええと——感情、わかる？」

「嬉しいとか」

「そうそう、悲しいとかね。それだけだから。でも君はいつか必ず、もっともっとたくさんのことをテデちゃんに伝えたくなる。君の運動会での活躍や、料理のお手伝いや、ピアノの練習の話をする時は、こうやったんだよって手足を動かしてやらないと、きっと伝わらない」

「ピアノ弾けない」

「譬《たと》え話さ。まるで別のことでもいいんだ。とにかく君自身が必要だと思った時が、その熊に眼鼻や手足が付く時だ。そしてそれは、今じゃない」

ややあって、男の子はまっすぐに頷いた。冨永くんと、その仕事を、受け容れた。

「僕はいつでもこの店にいる」

「うん」

優しく手を打ち鳴らしながら、師村さんが工房から姿を現した。

†

三泊の京都出張から戻ってきた師村さんが、手土産を携えて出勤してきた。

「あら生八《なまや》ツ橋《はし》。冨永くん、いま食べる？」

「お茶淹れましょうか。でも僕は食べない。ニッキだめなんです」

「すみません、存じ上げなくて」と師村さんが謝る。

この人は本当に腰が低い。いっぽう冨永くんは詫びられて当然という顔をしている。

「成果はありましたか」

師村さんは複雑な表情で、「一応。しかし修復の方針を決するには、まだ――」

「なにをしに行かれたのか、伺っていいですか」

「はい。ええ、どこからお話ししましょう」と彼はしばし迷ってから、「あの人形のファイルを見つめ、その立体像をイメージするたび、必ず湧きあがってきて胸を去ることのない、もやもやとした感覚がありました。奇妙な表現ですが、これは人形の顔でしかありえない、といった思いです。人の顔を模してあるし美しいのですが、一方で生き物としての機能が伴っていないとでも申しましょうか。冨永さんの、美容整形によって人のほうが似せたのだという着想が、やはり真相ではないかと感じられはじめましたが、すると持ち主さんのご説明は理に合わない。そこで冷泉の経歴をあたり、彼が暮らしていた京都の片田舎で、探偵まがいのことをやってきたんです。生前の冷泉を知る人を訪ね、冷泉とその妻との在りし日の写真を、この目で確かめてきました。妻の畝川木綿子《ゆうこ》は、たしかにファイルの人形そっくりでした」

「その確認に京都まで？　写真くらい、娘さんに頼めば見せてもらえたんじゃ――」

「いえいえ、本当に見たかったのは、より若い頃、木綿子さんが冷泉と出逢うまえの写真です。信用金庫の支店に勤めていたはずだと聞き、そちらに出向きましたら、十代の彼女を知る人がまだ一人だけ残っていました。頼みこみ、当時のスナップを探しだしてもらいました。人形とも、冷泉とうつった写真とも、まるきり別人でした」

わ、と流し台に向かいかけていた冨永くんが足をとめる。「じゃあ母親も整形？」

「そんな」と私の思考は例によって停止しかけた。

「母娘《おやこ》二代にわたって同じ人形に顔を似せた、と考えるほかないですね。木綿子さんは冷泉を追うように亡くなったとのことでしたが、実際に後を追っていました。夫を失った悲しみから入水《じゅすい》したんです。そんな、狂気に等しいほどの情愛――があったとすれば、生前の彼女がより冷泉から愛されようとして、彼の拵えた理想の女性像にみずからを似せていったというのも、納得できなくはない。わからないのは、娘さんのほうです。偶然、既存の人形と瓜二つに育つなんて、いくらなんでもありえない。ではなぜ彼女まで、顔を変えて生きる必要があったんでしょう。わかりません」

なにか女性としてのコメントを求められたような気がして、いちおう考えようとしたのだが、「私もわかりません」

「なんで？」と冨永くん。逆に私たちのことを不思議がるように、「僕はわかりますけど。親の顔が人間の美の基準をつくるってとこ、ありませんか。幼い頃に見つめていた母親の顔、それが、亡くなってからもずっと人形として身近にあった。つまりあの人形は、彼女の絶対的な美の基準だったんですよ。引き比べて自然のままの自分の顔は、醜く感じられて仕方がない。鏡を見るのも硝子に映るのも苦しい。その苦しみから逃れるためには、母親と同じように生きるほかなかった。澪さん、わかりません？」

「失礼な。鏡がそう楽しくはないけど、苦しくもありません」

「そういう意味じゃなくてさ、僕にはわかるな。むかし醜形《しゆうけい》恐怖で病院に通ってた時期があります。鏡のなかの自分の顔が物凄くグロテスクに思えちゃってね——長い時間がかかりましたよ、美意識の再構築には」

私と師村さんは絶句した。

やがて師村さんが、「では彼女が人形の顔を破壊し、それをまた修復したがっておられる理由も、冨永さんには——」

彼はかるがると頷き、「わかるっていうか、想像はできますよ。きっと彼女は一度追いついた。これ以上似せられる部分はないってくらい、完璧に人形と同じ顔になった。でも人間って老けるでしょ。日々、また距離が離れていく。精神的にも金銭的にも彼女は疲弊し、いっそ基準を破壊してしまうことを思いついた。これで楽になれる――ところが彼女は、その後の再構築を果たせなかった。美の基準なしには人間ってね、缶ジュース一本だって買えないんですよ。自販機のボタンすら押せない暮しって考えられますか?」

依頼から半年近くを経て、冷泉龍佑の創作人形はついに新しい顔を得た。見た目だけの手直しであって、とても真の修復とは――そう師村さんは謙遜《けんそん》したが、私の目には申し分ない出来として映った。戦慄をおぼえたほどだ。

報告を聞いた畝川さんは、その晩のうちに店へとやって来た。あらかじめ冨永くんの作業台に上げておいた保管ケースを、みずからの手で開いた。

彼女は小首をかしげた。私はひやりとしたのだが、美貌が安堵の笑みでゆるむまでに、そう時間はかからなかった。

彼女は師村さんの技術を誉めそやしながら、高い手間賃を現金で支払ってくれた。刻一刻と喜びが増してくるようで、ケースを車に運ぶ段に至っては、踊りだしそうなほど浮き浮きとして見えた。

一連の彼女の様子を、翌日、師村さんに報告すると、

「そうでしょうね」と彼は微笑した。「目鼻の配置を微妙に動かして、すこし老けさせましたから」

私は驚き、「なぜ」

「まったくファイルの写真どおりに修復していたら、これは違うとおっしゃって、受け取ってくださらなかったかもしれません。人形の顔を毀してしまってからこちら、彼女がいちばんその面影を思い出すのは、鏡や硝子《ガラス》にご自分の顔を見るときだったはずですから」

一礼し、暖簾《のれん》を分けて工房に入っていく職人の背中へ、憧憬と畏怖を綯《な》いまぜに、吐息する。視線を返すとき、ショウケースの硝子に自分のシルエットを認め、はたと凝視した私だった。しかし長く見つめてはいられなかった。

# 二　恋は恋

お客さんだと思った。

二階で昼食をとりおえた私が店に下りると、番を頼んでいた師村《しむら》さんは店先におらず、代わりに無断遅刻していた冨永《とみなが》くんと、収納を兼ねたベンチには制服を着た女学生の姿があった。中学生にしても小柄な少女だ。

「いらっしゃいませ」居眠りでもしているのか、しどけなく壁に背中を預けているその子に、私は小声で挨拶をした。

冨永くんが立ち上がり、「麗美《れいみ》、うちの店主だよ」

女学生はまったく反応しない。黒髪の下に透き通るほど白い頬が覗いている。たいそう綺麗な女の子だ。

冨永くんはいっそう笑いながら、「なにか言ってる。澪《みお》さん、近づいて聞いてあげて」

「え」と、近づいて顔を覗きこむまでわからなかった。そうも見事に錯覚したのは初めてだったから、気付いた瞬間、はっと後しざった。

「聞えた？　お客じゃないわよって」

「マネキン？」

「観賞用かって意味だったら、答はノーです。撫でられ、揉まれ、接吻を受けて可愛がられるのが、彼女の本来の仕事」

「ダ――」

人形全般、分け隔《へだ》てなく扱うと決めている以上、いつかこの日が来るという予感はいだいていたけれど、それにしても意表をつかれた。なにより、彼女の見目に。

ダッチワイフのなんたるかを、私はじつは大学の講義で習った。インドネシアには、長い筒状の籠を抱いて眠り、涼をとる習慣がある。日本では竹夫人《ちくふじん》と呼ばれて、これは俳句の季語にもなっている。

一九四九年に主権を譲られるまで、インドネシアはオランダ領だった。竹夫人を抱く習慣は在留のオランダ人にも伝播《でんぱ》し、ここにオランダ人の妻《ダッチワイフ》という呼称が生じた――そんな説があるとか。

「南極一号って、あったわよね」

「南極越冬隊のね。ほぼ都市伝説と化していますが、隊員も証言している以上、そんなふうな何かが運び込まれたのは事実でしょう。でも昭和三〇年代の技術だから、ＦＲＰ製のマネキンの、腰部にだけ細工したような代物だったと思いますよ」

「浮輪みたく膨らませるんじゃなくて？」

「ダッコちゃんみたいな？　ああ、子供のころ空き地に捨てられてるのを見たなあ」冨永くんはおぞましげな表情で、「雨で固まった鬘《かつら》が剝がれかけてて、物凄く怖かった。あの種の商品はさすがにジョークだと思いたいんだけど、アニメ顔に進化を遂げたりして、ちゃんと生き残っているようです。ずっと高度な、ラテックスや発泡ウレタンやソフトヴィニルの商品だったら、それなりのニーズがあると見えます。収納性からか今もそれなりのニーズがあると見えます。学生のころメイカーのショウルームでじっくりと見学しました。人形としての完成度はこの麗美に及びませんが、一種独特な迫力があったな」

この種の高級品は、通常、ラヴドールと呼ばれているという。

私は眉をひそめながら、「何で出来てるの。ゴム？」

「表皮はシリコンゴムですね。無数のジョイントを介した骨組みを、でっかい鯛《たい》焼き器みたいなのに入れて、液状のをとろとろと流し込むらしいです。言うのは簡単だけど大変な技術で、一般化したのはここ数年のことです。この麗美の場合、ジョイントは指にまで入っていて、物を持たせておくことも可能。ヘッドとの境界以外にシリコンの継ぎ目はありませんから、お望みとあらば一緒に入浴だって」

いやだ、と洩らす。目の前のいたいけない少女が男性の手に弄《もてあそ》ばれているさまを、ついリアルに想像してしまった。

生きているよう、と称される人形を幾つも目にしてきた。しかしそこに在るのはあくまで人形としての端整さであり精緻《せいち》さであり、むしろ人形師の作りこみが細かいほどに、人形は静寂につつまれる。時間が停まる。

幕末から明治にかけて評判をよんだ、活人形《いきにんぎょう》と呼ばれる一系譜がある。評判といっても見世物としてで、美術品とは看做されなかったため、現存物は少ない。私も一体、博物館の企画展で見たことがあるきりだ。

等身大の若武者——生まれて初めて武士を見た、と思った。そんな息がつまるほどのリアリティを湛えていたけれど、彼の時間もやはり停まっていた。古い一瞬が、誤って引き延ばされてきたような趣《おもむき》だった。

あらためて観察すれば、麗美、と冨永くんが呼ぶこの人形は、必ずしもリアルではない。脚の脇には、表皮を成型したときのバリの痕跡だろう、ストッキングのシームに似た線が見える。

はじめやけに小柄に見えたのは、きっと取り扱いの都合や、圧迫感を薄れさすため、等身大の九割程度に抑えられているからだ。そういうサイズに、男性にとって理想的な女性像——清楚で、乱れが無く、邪気も、また分別も感じさせない——が凝縮されているさまは、冷静に見てみれば不自然きわまりない。いろんな女性に似せようとして、結果、人間界には実在しない造形になってしまっている。

それでいて、どうしてだろう、この人形の時間は、私の目に、停まっているふうには映らない。いたいけないと感じるのは、いつの日か彼女に成熟がおとずれるような予感があるからだ——実際には、このまま古び、型くずれし、壊れていくだけであろうに。まるで人間の側にいて、私たちと同じ時を共有しているようだ。所有者との関係を想像してしまったがゆえの、錯覚だろうか。

「澪さん、ちょっと台に乗せるの手伝って」冨永くんが病人を抱え起こすように、腕で人形の背を支える。

「独りで運べない?」

「シリコンって重くてね、これで三十キロもあるんですよ。僕、見たとおり非力なんですから。途中で落としたらどうするの、七十万もするのに」

「七十——量産品で?」

「とうてい量産とは云えないですね。キャプチュアっていうメイカーですけど、きっと二、三人の零細企業だろうから、そう——年間四、五十体も作れたらいいほうじゃないですか」

こわごわ、脚に触れた。冷たく、意外にさらりとした触感だった。

表情を読んだ冨永くんが、「シリコンはべたつくんで、ベビーパウダーを塗ってあります。それがまた滑りそうで」

移動を始める。本当に重い。「修理品？　冨永くん、こんなのも修理できるの」

「いえ、いちおう不具合も診てくれとは云われてるけど、基本的に預かってるだけ。大学時代の友達が、しばらく部屋に母親が来るからって」

「やっぱり親には見せられないんだ」

「人間の彼女だって隠すでしょう、親には」

作業台の上で、麗美は不格好に膝を持ち上げている。冨永くんはスカートをいっそう捲って、下着を脱がせはじめた。

「ちょっと、なにしてんの」と思わず発してから、また錯覚を起こしかけていた自分に気付く。なにをしているって、人形屋が人形を診ているのだ。

「こういうゴム系の素材って、皺《しわ》の寄る部位が裂けやすいんです」冨永くんは人形の股間に手を差し入れた。わかってはいても絵として生々しい。「ここか。難しいなあ。僕が修理してもまた裂けるんじゃないかな」

「あの」

「はい」

「その部分って――」

「今はそこそこリアルな造形の、いわば蓋《ふた》が塡っています。見ます？」

私はすこし悩んで、「そのうち」

「たとえば僕がこの子とセックスしたい場合は、この部分に別素材の疑似性器を押し込み、潤滑剤で潤《うるお》すわけです」

「たとえば僕が、とか云うな」

「なんで」

「冨永くん、そういう趣味が？」

「ううん、だって友達の彼女だもん。でも友達も、もっぱら写真のモデルに使ってるって。カメラが趣味なんです。いや一度や二度は試したかも。麗美ちゃん、もうちょっと広げるね」

患部をよく見ようと、脚の間に頭を突っ込む。

「それ工房に運ばない？ 外から見られたら、なんて思われるか」

「看板に人形堂って書いてあるんだから大丈夫ですよ。じつは最初、奥に運んだんだけど、シムさんに迷惑がられちゃって。人形の素性を聞かされたせいか、どうも落ち着かないって」

ベテランの師村さんにしてそうなのかと、やや安堵した。

「これは——メイカーに連絡したほうがいいかも」冨永くんは頭をあげて、「その友達がね、べつに普通の奴なんですけど、この麗美に関しては面白いんです。直ればもちろん嬉しいけれど、このまま直らなくても、たとえすっかり崩壊しても、このタイプのドールを所有してるって誇りがあるから平気なんだって。真新しい、未来の人形文化をサポートしてるって意識が強いみたい」

これが人形の未来？　未来の人形がこれ？

窓越しの陽を浴びて輝く、あどけない横顔を見つめながら、私はこれまでどんな人形からも得たことのない、名状しがたい感覚につつまれていた。


翌日、麗美の所有者、高峯《たかみね》くんが店に立ち寄った。今風の背広をきれいに着こなしたサラリーマンで、私が想像していたタイプとはまるきり違っていた。

年齢は別にして、面差《おもざ》しや口調が誰かに似ていると思い、記憶を検索してみれば、それは私の広告代理店時代の上司だった。不思議なほど自信に満ち、部下にはすこし冷たく、長期的な方針のことで取締役と対立するや、さっさと辞表を提出して会社を去っていった人だ。おそろしく冗談の通じない人物でもあった。

この高峯くんも、同様の生真面目な喋り方をする。メイカーと連絡をとりたがる冨永くんに対し、最初、強く抵抗をしめした。「俺の管理の問題でもあるのに、キャプチュアさんの手を煩《わずら》わせるのもな。だいいちあそこは物凄く忙しいから、預けたら何个月も戻ってこないだろう」

「放っとくと、なにかあるごとに裂傷が広がるよ。それから私見だけどね、腋《わき》も遠からずあなる。歴史の無い人形は概してさ、それにベストな素材が使われてるとは限らない。ベストな造形とも」

「造形に不満は無いよ」

「ヘッドやディテールのことじゃなくて——なにしろ可動部の多い人形だから、ある意味でロボットの設計に近いんだと思う。今はきっと善後策も検討されてるよ。それをいちおう尋ねてみたいと思ってさ」

そこに電話が入った。相手は、冨永くんが再生させたレジンキャスト——無発泡のウレタン樹脂——製、球体関節人形の持ち主だった。

なかなかに高価な人形らしい。しかしフリーマーケットで入手したとのことで、汚れがひどかった。冨永くんはパーツごとにばらばらにして、丹念に紙やすりをかけ、エアブラシなど駆使して新しいメイキャップを施したのち、全体をコーティングしていた。

ウィグの毛が減っているようだ、と持ち主は云う。錯覚にもとづくクレームと思われた。依頼されなかったので手をつけなかった部分が、相対的に貧相に見えはじめたのだろう。

冨永くんが自分の顔を指している。通話口を指でふさいで、「喧嘩しないでよ」

電話機を渡した。もしもし、どうもその節は——という陽気な作り声で応じている。

芝居じみたさまを友人に見られたくないのか、流し台のほうに歩いていった。

「ご迷惑じゃないですか」と高峯くんが私に問う。「冨永がむしろ歓迎だと云うんで、鵜呑《うの》みにして預けてしまっていますが」

「いえ、まあ」なんだか上司と喋っているようで、妙に緊張した。「びっくりするお客さんもいらっしゃるでしょうけど」

私の曖昧な口ぶりは、誤解をまねいたようだ。高峯くんはほっとしたような笑顔で、

「可愛いでしょう」

いや、確かに可愛いのだが――。「どういうきっかけで好きになられたんですか。こういう、その」

「学生のときウェブサイトで画像を見て、一目惚れです。一年越しでアルバイトして金を貯めて、そのときにはもう予約が一杯だったんですが、代金を払いきれずキャンセルした人がいたお蔭で、手に入りました。幸運でしたよ。彼女も凄く喜んでくれて」

「彼女、いるの」

私もぽかんとした顔だったに違いないが、問われた高峯くんもぽかりと口を開いた。やがて、「今も付き合っていますよ。彼女の賛成があったから踏み切れたんです。浮気されたり、女性のいる店に通われるよりずっといいって」

「そうですか。なんていうか――失礼しました」

「いえ、お気になさらず。生身の女性に縁のない男のための、代用品に過ぎないと誤解

なさる人は少なくありません。本当はそうでもないんですよ」

話題に困り、カメラが趣味だというのを思い出して使っている機種を尋ねたりしたが、なにぶん私が詳しくないのでまったく会話がはずまない。沈黙が重くなってきた頃、ようやく冨永くんが奥から戻ってきた。

「うまく説明できた？」

彼は頷き、「交換用のウィッグを製作するってことで手打ちです。代金はがっちりと頂きます」

「できるの」

「もちろん。同じタイプのを何体もフル・カスタマイズしてきました。いま髪が薄く見えてる原因は、汚れと硬化でふわふわじゃなくなってるからですよ。人間と同じ。僕も気になってたんだけど、特殊な色のロングヘアで代替品が見つからないから、これには触るなって云うんだもん。そっちも洗浄してリンスしますけど、どうも相当なロングヘア好きのようなんで、もっと長いの、ご希望の色で作りましょうかって云ったら喜んじゃって」

「冨永」高峯くんがネクタイの結び目を上げ、上衣《うわぎ》の釦《ボタン》を掛けなおす。「時間だ。そろそろ行くよ。キャプチュアへの連絡だけど、職人としての興味で、とおまえが云うんだったら、そこいらのことは一切任せる」

「わかった。お母さんは?」

「しばらく居座りそうだな。こっちで桜を見たいって」と彼は笑い、麗美に向き合ってその肩を抱いた。頬を寄せ、なにか囁きかけてからドアに向かった。まるで外国映画の男優のようなふるまいで、しかも違和感が無かった。

冨永くんはメイカーに電話をかけた。

乱暴な応対をされているようで、ときどき声が大きくなる。私は奥でお湯を沸かし珈琲を淹れていたのだが、無責任、という単語がはっきりと聞えてきた。

「まったく」通話を切った冨永くんが、私の顔を見て吐息する。「これほどの造形をする人だからって、勝手な期待をいだいた僕も悪いんだけど」

「向こう、なんて?」

「付属の補修キットで好きにやれと。たとえ持ってこられても、いつ診られるか、そもそも直せるという保証すらできないって」

「高価な人形なのに。じゃあ冨永くんが直す?」

「そう啖呵《たんか》きればよかったな。メイカーとして無責任だって責めたてたら、じゃあそのうち顔を出すからって。でもいつになるんだか」創造主から顧《かえり》みられなかった麗美を不憫《びん》に思ってか、彼はベンチに近づき、その肩を撫で、「君にはなんの罪もない。――あ、高峯のやつ、この子の着替え置いてかなかった。云っといたのに。澪さん、パンツの買い置きないですか」

「仮にあったとして、まさかそれを人形に提供しろと？」

「だって可哀相じゃないですか。きのう脱がしてたとき、うっかり床に落としちゃったんですよ。店の床に落ちたパンツ、澪さん履いてられますか。でも澪さんのパンツじゃ麗美にはでかすぎるか」

「悪うござんしたね。この子に合わせようと思ったら子供服だと思うわ。小学校高学年くらい」

「ちょっと僕、買ってきます」

啞然としている私を尻目に、冨永くんは出掛けてしまった。

程なくして、近くの女子校の生徒三人組ががやがやと入ってきた。なにを買うでも修理を頼んでくるでもなく、ただ冨永くんとの会話を目当てに、このところ三日にあげず現れる。店頭に私の姿しか見当らないことに、揃いも揃って露骨に肩を落としたが、麗美に気付くやまた喧《かまびす》しくなった。

ひとりが、変に詳しかった。「これ、キャプチュアのラヴドールですよね。まえから本物を見たかったんです」

可愛い、可愛い、と口々に云う。騒ぎたてる。そりゃあ可愛いでしょうよ、可愛く造形してあるんだもの。

少々意地悪な気持ちになった私は、彼女らを見回し、「もし自分の彼氏の部屋にこれがあったら、どう?」

メイカーを云い当てた子は、けらけら笑いながら、「微妙」

別の子が、「逆に楽しくない?」

いつもいちばんおとなしいひとりは、しばらく考えてから、「その人を好きだったら、受け容れられると思う」

その人、と彼女が云ったとき、冨永くんを想定していると感じた。彼の所持品じゃないと教えて安心させるのも、彼のものだと嘘をついて覚悟をかためさせるのもなんだか癪《しゃく》なので、以後は忙しいふりをして黙っていた。

三人と入れ替わりに、今度は豆腐店のあるじが回覧板の原稿を持って現れた。店の切り盛りは息子夫婦に任せて、もっぱら商店会の仕切りに夢中でいる。かつて、回覧板を作るためにパソコンやプリンターを購入したものの、操作が儘《まま》ならないとこぼしているのを見兼《みか》ね、打ってさしあげましょうかと申し出たのが運の尽き、文章の入力とレイアウトは私の仕事だと思いこんでしまった。

その代わり、澪さんは忙しいから、と奉仕活動を免除するよう仕向けてくれるので文句も云えない。店を受け継いだ当初は、若いからと、集会所の掃除、防災訓練の準備と片付け、福引きの番、忘年会の給仕――なんにでも呼び出されて働かされたものだ。

「澪さん、ちょっとこれ書いたんだけど、二、三日中にさ――あ、接客中？」とやはり勘違いした。

「預かり物ですから、気にしないでください」

「親戚の子？　こんにちは。お嬢ちゃん、雁《がん》もどきは好きかい」幼児をあやすように麗美の顔を覗きこみ、うわ、と叫んだ。「人形かよ。びっくりさせんなって」

「人形屋だもの」

「こんなでかいんじゃ間違いもするさ。これマネキン？」

「そういう使い方もできそうだけど、本来は、その、男性が――」と、しどろもどろに始めた説明は、

「ダッチワイフ？」とすぐさま遮られた。師村《しむら》さんが工房の暖簾《のれん》を分けて顔を出したほどの大声だった。「ひええ、こんな別嬪《べっぴん》さんがねえ」

腰をこごめ、信心ぶかい人がありがたい仏像を前にしたような、合掌せんばかりの神妙さで麗美を見上げて――いたかと思ったら、くるりと振り返り、

「いくらすんの」

「売り物じゃないの。預かってるだけなんです」

「だから、もし買えばさ」

「七十万って聞きましたけど」

白髪頭との対比でやけに黒々として見える眉毛が、大きく上下した。しかし愕《おどろ》きの表情ではなかった。

「今、なんとか買える、と思ったでしょう」

「莫迦抜かすない。だいいちどうやって婆さんの目から隠すっていうんだよ、こんな大きな――」

「明らかに可能性を模索してるじゃないですか」

「触ると柔らかそうな感じだね。ちょっといいかな」

「駄目です。預かり物なの！」

この人形を預かっているかぎり、こんな茶番を繰り返さねばならないのだろうか。神経が磨《す》り減ってしまいそう。みずから地雷を踏むように茶番を招いてしまう、私の性格も問題なのだが。

それから二時間もして、ようやく冨永くんが店に戻ってきた――ファンシィな子供服が、ぎっしりと詰まった紙袋を提げて。

戦利品を誇るように、中身を作業台に並べはじめる。「子供服って意外に高いんだね。びっくり。でもほら、これなんか大人の服じゃありえない配色。ちょっと興奮しちゃった」

「そんなに――どこまで行って買ってきたの」

「渋谷のデパートですけど」

私は啞然となって、「子供用の下着くらい、駅前のスーパーの二階で済むじゃないの」

「あ、あの上って衣料品売場なんだ。知らなかった」

「スーパーに二階があったら普通はそうなの」

「普通は輸入食材とかでしょう?」

失礼しました。スーパーの定義の、摺合《すりあ》せから入るべきでした。

麗美に対してお客が騒ぐほどに、なにより冨永くんが可愛がるほどに、私はこの巨大なシリコン人形に嫌気がさした。

冨永くんは本当にユニークな青年で、きわめて知的、冷静でありながら、ときおり情緒欠陥かと思うばかりの、子供っぽい残酷性を発揮する。私がベンチから顔を背け、麗美を視界におかないようにしているのを発見するや、本来私に投げかけるはずの述懐や問いを、彼女に対して発するようになった。

「今日は気温が低い。麗美、寒くない?」

「麗美、FMつけるよ。うるさかったら云って」

「昼はなに食おうかな。麗美、苦手な食べものってある?」あるか!

挙げ句、「あ、ごめん、仕事に熱中していて聞えてなかった。ん？　──わかったわかった。次の休日にね」

うちは修理屋であって、人形のホテルではないのだ。高峯くんが気遣いを覗かせた際、きっぱり突き返さなかったことを私は悔いていた。ゆえに冨永くんの電話から十日も経って、やっとメイカーの人間が店に現れたときは、うまくしたら引き取ってくれるのではないかと期待がふくらんだ。

東前《つかまえ》さんといった。つかまえ──あ、だからCAPTUREか。歳は、私のすこし上といったところか。汚れても丸洗いできそうな実務的な服装は、師村さんと同様に職人然としていて好感がもてたが、分厚い眼鏡を掛けた陰鬱な顔つきの人物で、第一印象は芳《かんば》しくなかった。

手際良く麗美の衣服を脱がし、状態を確認する。立ち上がり振り返った彼の言葉に、私たちは愕いた。

「この型は失敗作なんだ。ボディの基本姿勢を誤った。足をぴったり閉じさせて置きっぱなしにして、そのあと無理な体位で抱いたりすると、どうしてもね──。誰が補修しても同じだよ。根本的な解決にはならない」

「ずいぶん無責任な」冨永くんが敵意をむきだしにする。

「ヘッドだけ活かして新しいタイプのボディに換える方法も、無いじゃあないけど？

ちなみに安くはないよ。それに次のロットまで待ってもらうことになるし、ヘッドと色の差が出るかも」

「メイカーとして責任は感じないんですか」

「なんだい、喧嘩売ってんの？　責任を感じたから新しいタイプを開発したんだが」

「そんなに古い製品じゃないでしょう。欠陥を認めてるなら、少なくとも回収と交換を申し出るのが筋じゃ？」

「新しいタイプにだって開発コストも原価もかかってる。無料で配ったりしてたら俺も社員も飢え死にだ」

「ユーザーに申し訳なくないんですか」

「だからさ、申し訳ないから新型を創った」

「ユーザーにはそれをまた買えと？」

「ビスクドールが割れたら製造元は無償交換してくれるのかな。ビスクにもシリコンにもリスクはある。ユーザーにはそれを承知で購入してもらうほかない」

「限度問題でしょう」

「その通り。だからぎりぎりのところでやってて、俺も社員も貧乏暇なしだ。こういうシリコン人形は、製品としちゃまだ胎児なんだ。国内じゃわずか数年の歴史しか無い。みな試行錯誤しながら創ってるんだよ。苦心して原型を創り、その型を取り、その型を取り、またその型を取る。骨組の軽量化だって工夫と失敗の連続だ。それを人体と同様に配して、入手しうる最上のシリコンをぴったりと流し込む。細心の注意が必要だ。君も人形屋の端くれだったら、そういった手間隙、原価、設備投資くらいは想像がつくだろう。ましてやシリコンは修正がきかない。硬質人形と違って、まずいところを削るわけにはいかない。造形上の制約も多い。その原型を創出する苦労から考えてくれ。下手すりゃ何年もかかるんだ。その成果を、無料で配れと君は云うのか」

荒々しいまでの語気に驚いたらしい師村さんが、工房から顔を出し、東前さんに頭をさげた。

冨永くんは目を泳がせて言葉をさがしている。やがて、「人形に——この麗美に対する感情は無いんですか」

東前さんは店内を見回した。日本人形店だった頃の名残で、陳列棚には未だ雛人形や五月人形が、サンプル程度に並んでいる。彼はそちらを指差し、「ああいった人形には、芸術性とでもいうのかな、すでに確立され、継承していくべき技が詰まっている。ブリキのロボットやソフビ人形にも詰まっている。でもラヴドールはまだ、ただの新製品——俺たちの思いとは裏腹に、社会的には明日をも知れぬ消費財に過ぎない。欠陥品は消える。そう思いきれなかったら前に進めないだろう」

いつしか私は、彼の顔から目を離せなくなっていた。その一語一語に心を揺さぶられていた。

この人は麗美の造形に、恐るべき時間と、ありったけの才能を投じたのだろう。そして今は、次の段階にいるのだろう。高峯くんがメイカーの手を煩わせたくないと云っていた訳が、ようやくと理解できたような気がした。

「修理のプロだと云ったね。それなら君が修理したほうがいい。きっと俺より巧い」

「あの」と変なタイミングだったが、思わず私は声をあげた。「あ、すみません、流れを無視した質問なんですけど、束前さん、創作人形とかお創りには？」

「なんで」

「だってこの人形——麗美ちゃん、こんなに可愛い。うち、まだいちおう小売りもやってるんです。ラヴドールを扱うのは難しいですけど、創作系で束前さんの作品だったら、ぜひ置かせていただきたいって——」

「暇が無い」と彼はかぶりを振った。初めて微笑し、「エゴより全体の未来を優先する人間だって必要でしょう」

私は頷き、それきり主張も提案もしえなかった。

ドアに向かおうとしていた束前さんが、急に立ち止まる。私を振り返った。

いや、師村さんを、だ。

微笑は早くも掻き消えていた。遠くを見るように眉を強く寄せ、「俺は昔、あなたとテレビに出たことがある」

師村さんは目をまるくした。

師村雪夫《ゆきお》――。

久し振りにそう、インターネットで検索する。

彼が店に来たばかりの頃、その手腕に舌をまいた私は、とんだ人を雇ってしまったと思った。そしてこんな風にして、なんとか素性を探ろうと試みたものだ。冨永くんも同じだったろう。

このたびもまた、ひと繋がりの姓名としては一件も検出されなかった。ばらばらのキイワードとして認識されてしまう。思いついて「師村雪夫」「人形」「テレビ」など複数の条件でも検索したが、より無関係そうなサイトが増えただけだった。

「あの、社――澪さん」

当の師村さんがちょうど工房から出てきて、私は椅子から飛び上がった。

「お茶でも淹《い》れようと思うんですが、澪さんもお飲みになりますか」

「――あ、私が。紅茶でいいですか。実家から貰ってきたのが」

「ええ」

あわてて流し台に向かう。薬缶《やかん》を火にかけてから振り返ると、師村さんはベンチの前に立って麗美を眺めていた。長い時間ではなかった。

彼の視線は店内をさまよい、やがて私の机の上を舐めた。

あやうく叫ぶところだった。足は逆にすくんだ。ブラウザを閉じてない！

私が淹れた紅茶を、師村さんは窓際に立ったままで飲んだ。「冨永さんにも同じことを申しましたけどね、私がどこの馬の骨かなんてお調べになっても無駄です。職人の名は仕事です。ひとつこれからも、仕事だけを見てくださいませんか」

やはり気付かれていた。私は腹をくくり、「師村さんほどの腕の持ち主が、まったく無名だなんて、とても信じられなくて」

「お褒めにあずかるのは光栄ですが、師村という男の足跡は、世間のどこにもありはしません。無駄はおやめくださいと云いたいだけです。たとえば名前を変えるなんてのは、とても簡単な話なわけで」

†

束前さんとの対峙以降、冨永くんは麗美をいっそう慈《いつく》しみ、語りかけるようになった。裂傷には自力で入念な修繕をほどこしていた。

私の心にも彼女への嫌悪感は薄れた。気が付けば、朝はおはようと呟き、仕事の合間には視線を送って健在を確かめ、衣服に乱れを見つければそっと直してあげている。

世間が彼女らに与えたラヴドールという呼称に、私は性的な意味合いを嗅がなくなっていた。愛の人形。人の愛情を一身に受け容れてくれる人形。

生まれ出《いで》ようとしている、未来の人形。

引取りの日が来た。高峯くんはレンタカーを駆って店を訪れた。人形とはいえ三十キロもあるとなると、移動のコストも莫迦にならない。

彼が店にいるあいだ、冨永くんは一度も麗美に話しかけなかった。店を和《なご》ませてくれたことに感謝していると、彼女にではなくその所有者に云い、よかったら撮影に、と袋いっぱいの洋服を渡していた。

「東京は桜が多くて嬉しいなんて、年甲斐もなくはしゃいでてさ」帰り際、高峯くんは憂鬱そうに語った。お母さんのことである。「来年も来ちゃったらどうしよう」

「またお預かりしますよ」

そう私は口をはさんだ。しかし冨永くんは頰笑みながらかぶりを振った。私に遠慮しているのだと、そのときは思った。

冨永くんと共に麗美を送り出し、店内に戻ると、師村さんがベンチに坐っていた。麗美の定位置とは反対側だった。

「なにとはなし、淋しくなるもんですね」と私たちの気分を代弁した。

私たちの静かな日常が戻ってきた。静か——と感じてしまう人間の不思議。麗美は一言も発しはしなかった。騒がしかったのは私たちの頭のなかだ。

カウベルが鳴る。豆腐店のご隠居が入ってきて、店内を見回し、

「あれえ。麗美ちゃん、もう返しちゃったのかよ」と巻き舌ぎみに問い詰めてきた。

「ええ。きのう持ち主さんが取りに来られて」

「なんだい」余程の不幸にでも遭ったように、額に手をあてる。「せっかく記念写真を撮っとこうと思ってさ、嫁のデジカメ借りてきたのに」

私は失笑して、「なんの記念」

「そりゃあ」と彼は目をきょろきょろさせた。「美人に出逢えた記念だよ。並んでピースってさ」

「え、一緒に写るつもりで?」

「そりゃあそうだよ、美女の隣には野獣と相場が決まってらあな。澪さんとだって忘年会で一緒に写ったじゃないか」

「ここはスナックじゃありませんですから、そういう優しさは結構です」

「席が近くて仕方なくだったけどさ」

「そういう落ちもつけなくて結構です。麗美ちゃんだったら、また来るんじゃないかしら。きっと、次の桜の頃」

「そうかい。よかった。なんだ、そうかい」

どちらかといえば冨永くんへのアピールとして云った言葉が、第三者にすんなりと納得されたのが、奇妙な感じだった。桜の君か、いいねえ、あの子にぴったりだ、さくら、さくら、やよいの空は――と元気な独り言を云いながら、商店会会長は外に出ていった。落差で、そのあとの店内は余計に閑散と感じられた。

冨永くんは自分の小さなパソコンでなにか調べものをしている。私と同じく束前さんの言葉に引っ掛りをおぼえ、師村さんの正体を追い続けているのだろうか。

いっそ束前さん本人に尋ねたら、あっさりと教えてはくれないかしら。しかし明言できるような事実があるのなら、彼はあの場で語ったような気がする。きっと彼も確信をもてず、師村さんの反応を窺ったのだ。

すでに師村さんから口止めされている可能性もある。すると、尋ねればむしろ真実が見えなくなる。

「麗美」と冨永くんが呟く。

そちらを見た。ところが彼は、なにかメモしようとしかけてまたパソコン操作に戻ったところらしく、ボールペンを横咥えにしていた。私の幻聴だった。

冨永くんが私に、間違ってそう呼びかける瞬間を私は危惧し、それでいてなんとなく期待してもいた。推測を立証したがっていた。

恋は恋。蔑《さげす》む気持ちは無い――少なくとも今は。以前は、身近な男性が無謀なそれに陥っているのを察知して、無闇に苛立っていたようである。

冨永くんはたえて失敗をおかさなかった。ある日、ねえ、と妙に内省的、かつ親しげな口調で呼びかけてきたときも、私の予感とは裏腹に正しく、澪さん、と続けた。

「なんですか？」と笑顔で聞き返す。

「ゆうべ、変わった場所に行った」

「どこ」

「秋葉原。小さな部屋で、ラヴドールとふたりきり。そういう風俗店があるんだよ」

「——麗美？」

「キャプチュアのドールは稀少だから、そんな店なんて無いだろうと思ってた。でも調べ続けてたら一軒だけ見つかった。べつに抱きにいったんじゃないよ。ちょっと話したくてさ、その後の、この店のこととか。——こういう話、女性は不快だね。喋るのやめようか」

「構いませんよ。社員の無駄話に耳をかたむけるのも、きっと経営者の仕事でしょう。で、麗美ちゃんはどうだった？」

「なんの会話もできなかった」

「いなかったの？」

「いたよ、麗美タイプのドールが」彼は一瞬、声をつまらせた。「でも、麗美じゃなかった」

どんなにか立ち上がり、寄り添って、頭を撫でてあげたかったことか。だけれど私は等身大の、生身の女だった。

# 三

## 村上迷想《むらかみめいそう》

「寛永《かんえい》の頃、堀《ほり》氏が治めていた村上城《むらかみ》に、お秋《あき》という側室がいました。彼女のことですよ」葉茶屋の若女将《おかみ》による説明は、自分の学生時代でも語っているように澱《よど》みなかった。

「私たち地の者はもっぱら通称で呼んで、本名のほうはあまり記憶されていませんが」

「附子《ぶし》の方《かた》と」

「はい」

「附子というのは」

「とりかぶとですね」

「あの猛毒の」

「漢方ではお薬です」と彼女は涼やかに笑んだ。あまりに素敵な笑みで、店を出てからもしばらく、聞かされた物語の不吉さに気付かなかったほどだ。「低い身分の出でした。けれど正室もほかの側室も次々と流行《はや》り病で亡くなり、城主である堀直寄《なおより》の寵愛《ちょうあい》は、けっきょく彼女にだけそそがれたといいます。当時の村上城に、不運という以上のなにかがあったのは間違いありません。お秋が城にあがった二年後、直寄の長男、直次《なおつぐ》が急死しました。直寄は悲嘆にくれて病床につき、そのまま快癒することなく、翌年、息をひきとったそうです」

「じゃあ、お城は誰が」

「直次には直定《なおさだ》という子供がいて、その子が家督を嗣《つ》ぎました。でもほんの幼児。そしてこの直定も、城主になって三年にも満たないうち、たった七歳で早世しています。後継をうしなった堀氏は無嗣《むし》断絶、村上藩はいったん廃藩となりました。残された者たちは城を追い出されるにあたり、所持品を商家に流しては、金子《きんす》を用立ててもらった、というお話です——武具や、家具や、着物に、そして人形」

「こちらに並んでいるような」

「ええ。時代は違いますが」

部屋いっぱいに飾られた人形を、私は改めて眺めなおした。

徳川時代の半ば、雛人形は大きくて絢爛《けんらん》な、いわゆる享保《きょうほう》雛のスタイルを確立する。大きいと一体が五、六十センチ。それらがこう、段飾りになっているのだから、息をのむほどの迫力だ。当時の金銭価値にしたら家何軒のレベルだったという。

あまりの贅沢さゆえ、庶民が持つと取締りの対象となった。それでも、いま若女将が語ったような事情から、古い商家が立ち並ぶいわゆる町屋の蔵に、武家サイズの雛人形が死蔵されてきたケースは少なくない。

持ってはいても、明治に入るまで飾るに飾れなかった。あちこちの商家にすこしずつ流されたため、不揃いである場合も多い。

これらを蔵出しして店頭に展示したら、ちょっとした観光資源になるのではないかと思いついた人たちが、ここ村上にいた。目論見《もくろみ》は当たり、思い掛けない数の旅人が全国から集まった。保存状態は必ずしも良くないが、暗所で数百年も息をひそめてきた人形たちが不意に日の目をみたのだから、その筋の評判となるのも無理はない。

まして出現した数といいヴァリエーションといい、それらは人形史を書き換えねばならないほど、多数にして多彩だったのである。

「正室、側室、それぞれが自分をモデルに作らせた一揃いを持っていたらしく、立場によって装飾の大きさや細かさが違うんだとか」若女将は雛壇の一角を示し、「たとえばあの女雛の扇子には草木の絵が、でも下の段の女雛の扇子にはなにも描かれていないでしょう。上のほうが頭の飾りも大きいし、着物の黒く見える糸はじつは銀糸ですし、きっとのちに村上城に入られた、内藤《ないとう》家の正室がお持ちになっていたんじゃないかしら。うちのお雛さまや長刀《なぎなた》は——村上藩は戊辰《ぼしん》戦争のとき、維新政府に刃向かう、いわゆる賊軍の道を選びましたから——いざというときための鉄砲代をうちでご用立てして、そのお礼にいただいたものだと聞いています」

はあ、と感心してまた人形たちに見入った。たしかに同じような顔だちの女雛でも、装身具のグレードに差異がある。

説明を終えたつもりで会釈《えしゃく》した若女将を、あの、と引き留めた。「附子の方について、もうすこしよろしいですか。なんでそんな変わった綽名《あだな》が付いたんでしょう」

「彼女をモデルにした女雛が庶民のもとに流出したところ、着物の柄がその花としか見えなかったとか。紫色の綺麗な花だそうですよ。そこから、正室やほかの側室が亡くなったのも殿さまたちが亡くなったのも、どれもこれも彼女による毒殺だったんじゃないかという噂が広まったんだそうです」

「そのお人形は、いまどこに？」

「流出自体が何百年も前の話で、近年どこかから出てきたという話は聞きません。本当にあったのか、怪しいところですよ——附子の方の存在さえも。ただ、不気味な言い伝えなのに不思議と人気があります。お客さまはどこでお聞きに？」

「滞在している家の人に、調べると面白いよと教えられまして」

「どちらにお泊まりかしら」

「丹能《たんのう》さんという歯科医の——」

若女将の目もとに複雑な影がやどった——ような気がした。「ご親戚？」

「遠縁です」

「調べると面白いとおっしゃったのは、きっと若先生ね」

私は笑ってごまかした。

「村上藩はもともと脇備《わきぞな》えといいまして、徳川家のための軍備を命じられていました。ですから庶民への取立てにおいては過酷な面もあって――さあ、本当にそんなことが可能だったかどうかわかりませんが、集団自殺に追い込まれた村落の、生き残りの娘が、復讐のために武家の娘と偽ってお城にあがったんだという噂も」

「そこまで行くと出来過ぎというか、あとから付いた尾鰭《おひれ》のような気もしますね」

「おびれ？」と、言葉を知らないのか彼女は聞き返して、「そうですね、水牛の尾鰭みたいなもの」と奇妙にひとり合点した。

「水牛？」

「ええ、進化の過程で尾鰭が付きましたでしょう。昔、見ました、湖で」

海牛――ジュゴンやマナティ――の話をしているのだろうか。なぜジュゴン。なぜ湖。この辺の湖のほとりに水族館が？　ともかく頷いておいた。

「堀氏が三代、立て続けに亡くなったのは史実ですが、あとは、きっと全部がオビレですよ」と彼女は間違い続けた。「丹能さんのところにはしばらくご滞在に？」

「二泊程度、と思っていたんですけど、予想外に展示されている人形が多くて、簡単には見きれそうになくって。だから延ばすかもしれません」

「人形がお好きなのね」

「と申しますか、そういう商売を」

「お作りに?」

「いえ小売りです。最近は修復のほうが中心になってしまいましたが」

「あら、じゃあうちもお願いしなくちゃ。平成に入るまで、価値もわからず蔵に閉じ込めたきりでしたでしょう。そこの竹田人形なんて、もう髷《まげ》もありません」

この呼び名も、村上を訪れて初めて知った。寛永からややくだった寛文の頃、大坂道《どう》頓堀《とんぼり》では、竹田《たけだ》近江掾《おうみのじょう》という人物が興した糸あやつりとからくりによる人形芝居が、おおいに評判をよんでいた。これに実際に使われた人形や、その影響下に生まれたポーズを誇張した人形を、竹田人形と呼びならわすのだとか。葉茶屋にずらりと飾られているのは動かないほうだったが、表情ゆたかな、見事な品々だった。

若女将は笑いながら、「研究なさっている先生に教えていただくまで、どちらが義経《よしつね》だか弁慶《べんけい》だかわからず、持ち物を逆にしていたほど」

「勧進帳《かんじんちょう》ですね。とても大きい。これもお城から?」

「そう聞いています。ちょっと楽しいですねえ、殿さまやお姫さまが庶民の芝居に憧れて、こういう人形を眺めて溜息をついてたかと思うと」

出されたお茶が美味しかったので、同じ等級の煎茶《せんちゃ》をお土産に求めて、店を出た。

黒びかりする格子戸を振り返り、同じような町家だったに違いない、往時の玉阪屋《たまさか》を想像した。掃除が大変だったろうなと貧乏くさいことを考え、独りで恥ずかしくなった。

†

村上に遠縁が住んでいるけど、まだ行ったことがない。

そう冨永《とみなが》くんに話したら、人形を扱ってて、よくそんな勿体《もったい》ない——と莫迦にされた。

「旧暦の雛祭までの一个月、どこの町家でも貴重な人形を飾って、じっくりと見学させてくれますよ。夏祭のおしゃぎりっていう山車《だし》にも、物凄い人形が乗ってて——」

「行ったことあるの」

「何度も」

私は唖然となった。工房から出てきた師村《しむら》さんに、「村上市って知ってますか」

「人形の？　ええ、もちろん」

「そんなに常識なの」

「私が行ったのはずいぶん昔で、個人的な用事ででしたが。最近はだいぶ賑やからしいですね。あそこは食べるものも美味《おい》しいんです」

「澪《みお》さん、じき旧暦の雛祭だよ。ことし行っといたほうがいいんじゃない？」

「そうかな。冨永くん、一緒に行ってくれる？」

彼は鼻で笑って、「厭《いや》だよ、中年女のお守りなんか」

中年女。中年女。中年女。中年女――。

「あ、ごめん、傷ついた？」

ううん、とかぶりを振ったら泪《なみだ》が出そうになった。

「冨永さん、今のおっしゃり方はあんまりだ」と師村さんが苦言する。「娘盛りは過ぎていらっしゃるけど、姥桜《うばざくら》という褒め言葉だってあるわけで」

「シムさん、塩、塗り込んでますが」

「旅に出ます」と私はふたりに告げた。「探さないでね」

「どうせ村上でしょ？　あのさ、葡萄羹《ぶどうかん》って美味しいよ」

「私は酒びたしをお勧めしますね。鮭《さけ》の干物に日本酒をかけて食べるんです」

「ありがとう、私にぴったりね。しばらく酒びたしになってみたら、ちょっとは若返るかしら」

「新潟のお酒は美味しいですからね。でも杜――澪さんはじゅうぶんお若いですよ。私よりもだいぶお若い」

「知ってます」

「そうだ、おふくろがいい白髪染《しらが》め見つけたんだって。こんど澪さんにも買っといたげるよ」

「冨永くん、減俸」

私は二十年ぶりに村上の親戚と連絡をとった。

父の従兄《いとこ》の義理の姉の――とイトコやギリが三つくらいずつ挟まった、べつに他人と云ってもいいような関係だ。なぜ一家がうちの法事に顔を出していた時期があったのか、なぜその後また関係が断絶したのか、私はまるで知らないのである。ただ唯《ゆい》さんという美しい母親が、まだ中学生だった私を妙に気に入って、村上においで、何日でも泊まって、と繰り返していた。

唯さんは元気に電話に出てきた。私をよく憶えていた。玉阪人形堂を継いだのだと教えると、だったらなぜ村上に顔を出さないかと、むしろ叱りつけるような口調になった。

「お父さんは、だいぶまえに亡くなっちゃったけどね、でも医院は下の子が再開させてくれて」

丹能家は歯科医院を生業《なりわい》としていた。澪ちゃん、口を開けてみな、と丹能氏が歯を診ようとするのが私は厭で仕方なかったが、亡くなっていたのかと思うと淋しい。

ふたりの男の子がいた。双子かと思うくらい、よく似た年子だった。たしか渉《わたる》くんに衛《まもる》くん。

朝、東京駅に出て上越《じようえつ》新幹線と在来線を乗り継いだら、呆気ないほど短時間のうちに、村上駅に着いてしまった。駅弁で心の傷を癒《いや》す間もなかった。

「澪さんでしょ」

駅舎で、後ろから追いついてきた低い声に、ぽかんとなる。青年は、色の入った眼鏡にかぶさっていた前髪を振り分けた。笑顔は無い。

渉くん？　衛くん？

「よくわかったわね。あんまり変わってないかしらね。ええと――」

「上のほう。渉。いや、ぜんぜんわからなかった。ただ今の列車から降りてきたなかに、おとなの女、一人しかいなかったから」

女に見えただけでも良しとしよう。二十年。なにしろ二十年だ。「渉くん、すっかりご立派に」

「どこが」

冨永くんと会話しているような気がしてきた。しかもこちらはひどく愛想がわるい。

「澪さん、うちに泊まる気？」

「ええ。だってお雛祭までどこのホテルも満室だろうから、そうなさいって唯さんが」

「じゃあ、このまま東京に引き返したほうがいい」

「なんで？」

「俺が迎えにきて、感じが悪かったんで帰ったと、あとでおふくろに電話すればいい」

「冗談でしょう。まだ人形の一体も見てないのに。鮭の一匹も食べてないのに」

「何日かけて一匹――あ」渉くんは不意に足をとめた。

「どうしたの」

振り返った時には、すでにだいぶん私から遠ざかっていた。

短いクラクションが二つ。

ロータリィに顔を向ける。銀色の小さなメルセデスから青年が降りてきた。今度はすぐにわかった。こちらの髪型はこざっぱりしている。眼鏡も掛けていないけれど、やはり似ている。衛くんだ。

また渉くんのほうを振り返ったが、もはや影も形もなかった。私は車に近づいた。

「澪さん、すぐにわかった」と兄とは対照的なことを云う。「タイミングよく患者が途切れたんです。歩くとけっこうありますから」

「ありがとう」

「渉がいましたね。ご迷惑をおかけしませんでしたか」

「まさか」身内に対する過度の謙遜《けんそん》だと思い、笑って応じたのだが、衛くんの目は笑っていないことに気が付いた。「渉くん、どうかしたの」

彼は視線を逸らせて言葉をえらんだ。「大雑把に云ってしまえば、ノイローゼです。東京でヴェンチャービジネスに失敗して、自己破産してね、離婚してこっちに帰ってきた。それ以来」

「じゃあ今は、なにをして」

「特になにも。ぶらぶらしてます。うちにも居たり居なかったり」

助手席に乗った。町家の軒下にさがった大きな鮭を指差して、ほらあれが塩引鮭《しおびきざけ》、漆《しっ》器《き》店の看板を指して、あの店には大浜《おおはま》人形という土人形がたくさん——巧みに町を案内してくれる。兄とは違い快活で、目つきにも声にも翳《かげ》りが無い。

昔の印象だと、むしろ上のほうがはきはきとして利発そうで、下の衛くんは、ちょっとぼうっとした感じだったのに。

人形に詳しかった。生まれ育った環境もあろうけれど、体系立った勉強もつんできたらしい口調だった。「大浜人形はうちにも幾つか。大浜ってのは三河《みかわ》にある地名です。そこから御用瓦を焼くために招かれた職人が、副業として焼いてたんです。明治に入ると出生地から大浜姓を名乗るようになり、その子孫が代々作ってきました。今はお婆ちゃんが一人きりになっちゃったけど、たまに体調がいいと作ってるみたい」

「もしそのお婆ちゃんが亡くなったら——」

「土人形は全国各地にあるけれど、村上のは、途絶えるでしょう」

「なんて残念な——」

「残念だけど、あまりにも時代に合わない。庶民が、子供のお祝い事に贈り合った人形でね、戦前の物なんか、泥絵具を塗っただけで仮漆《ニス》も引いてないから、触ってると手が真っ黒になっちゃう。そんなのをささやかに部屋の隅に飾り、子供が手を黒くして遊び、そのうち毀《こわ》してしまって、でも惜しくもない——本来、そんな人形ですよ。現代の生活スタイルにはまったく合わない。それで遊んだ記憶も無い世代が、似たような物を作り継いだとして、そんなのが大浜人形と云えるのかな、とも」

丹能歯科医院は、周囲の町家造りに足並みをそろえてこそいないものの、古い重厚な建物だった。車の音に、勝手口から唯さんが出てきた。彼女に関して、記憶とのぶれは少なかった。

「澪ちゃん、まあまあ、なんて綺麗になって」と眼をうるませて云う。

「だいぶ盛りも過ぎました」と冗談めかしたつもりが、鼻の奥がつんとなった。

家のなかには唯さんの義理の母親、渉くんと衛くんの祖母にあたる倫子《のりこ》さんもいて、静かに挨拶してきた。この人と私は初対面だった。丹能氏の母なら八十くらいであろうが、痩せ衰えるでもなく、かといって肥満もなく、背筋はぴんとしている。

「澪ちゃん、おなか空いてるでしょう、近くに美味しいところがあるから、そこでお昼にしましょう。村上の名物は魚介なの」

いったん医院に戻っていた衛くんが、茶の間に顔を出し、

「僕はまだ忙しいから、あとは母たちと」と私に手を振った。

携帯電話で渉くんと連絡をとろうとする唯さんに、

「渉と一緒は厭」と倫子さんがごねる。

「喧嘩してるのよ」と唯さんが笑う。「じゃあお義母《かあ》さんは、独りで適当にね」

「ええ、冷蔵庫を漁りますとも」

大衆割烹《かっぽう》で鮭尽くしのお膳を頼む。唯さんに勧められ、調子にのってビールを飲みはじめる。やがて陰気な顔をした渉くんが店に入ってきた。

「じつは渉さんも、駅まで迎えにきてくださったんですよ」

唯さんは驚きもせず、「だってこの子、子供のときから、今度はいつ澪姉ちゃんに会えるのって、そればっかり」

「つまらんこと云うなよ」

一時期、うちと親戚づきあいがあったのは、亡き丹能氏と私の父とに、仕事上の繋がりがあったからだと知った。しかし細かなことは唯さんにもわからないという。私にも見当がつかない。当時の父は仕事を転々としていた。

唯さんが中座したとき、渉くんが俯いたまま、「人形、もう見た?」

「まだ一体も」

「うちの大浜人形は医院の待合室にある。あと――」彼はテーブルに指で、附子の方、と書いた。「この人形のこと、調べるといい」

「なんて読むの」

「ぶしのかた」

「どういう意味？」

「町家で訊けばすぐにわかる。それから衛に気を許すな。なにかに勘づいても穿鑿《せんさく》したりせず、気付かないふりで通すように」

「兄弟仲、悪くなっちゃったのね」

「そういう次元の話じゃない。約束して」

「理由がわからないことには――」

「澪さん、人形屋だろ。人ってなんで人形を作るんだと思う。なんで自分たちに似せたものを作ったりする」

「わからない、そんなこと、訊かれても」

「衛なら答えると思うよ」

「そういう会話はしてもいいのね」

彼は肩を上下させた。「でも、なんにも気付かないふりを。親父のこと憶えてる？」

「ええ。いつも私の歯を覗きたがるのだけ、ちょっと厭だった」

渉くんはようやっと微笑した。でもすぐまた頬を下げた。「衛は親父を嫌ってた。いや、自分は嫌われてると思いこんでた。もともと、まるで勉強ができなかったからね」

「お父さん、若くして亡くなったのね。お幾つ？」

「俺は高二だったから、四十――四か。原因不明の突然死。でも俺は見た。衛、部屋で独りで笑ってたよ」

唯さんがお手洗いから戻ってきて、渉くんは口を噤《つぐ》んだ。食事の大半を残したまま、お茶を飲みくだして店を出ていった。

そしてそれが、私が渉くんと言葉をかわした、最後となったのである。

仕事柄、つい一体一体に長らく見入ってしまう。熱心さでわかってしまうらしく、人形をお作り？　などと問われる。作りはしないが扱っていると答えると、店の人も熱心に来歴を教えてくれる。

人形ごとに、壮大な背景をせおっている。豪商が京都の職人に作らせ、北前船《きたまえぶね》で運ばせた人形がある。山車の飾りのモデルになった人形がある。かしらの造形、毛の描き方や植え方、金糸銀糸を織り込んだ衣装、ぜんまいの毛で織った緋毛氈《ひもうせん》――。安価な土人形にさえ、時代ごと大きさや色彩に特徴があり、それぞれに理由があり、たちまち頭のなかで整理しきれなくなる。人形屋が、すっかり人形に酔っ払ってしまった。

ある店では人形のほかに塩引鮭の加工場も見学できた。町家の中空《なかぞら》にざっと千匹もの大鮭が吊られている。それだけで、ものの考え方が変わってしまいそうな異景なのだけど、人形見学の合間にはむしろ気休めになった。

逆さ吊りの鮭を見上げながら、渉くんの言葉を思い返す。人はなぜ人形を作る？　たんに面白いから？　可愛いから？　さっき入った土産物屋に、ユーモラスな布で出来た塩引鮭があった。ただ飾ったり遊び道具にするんだったら、ああいった物でもいいだろうに。

人形を並べた座敷の前で、観光客の子供が、これ怖い、と声をあげた。そう、人形は怖くもある。大概の人形に慣れている私でさえ、怖いと感じるものはある。

店を出て、薄暮の町屋を当てずっぽうに歩く。銀色の小さなメルセデスが、ゆっくりと通りを流しているのを見つけ、足を竦《すく》ませる。気を許すなと渉くんは云った。衛くんは彼をノイローゼ気味と表現したが、少なくとも思考の混乱は感じなかった。

車が停まる。衛くんが降りてきて、青ざめた顔つきで、「ここにいた。澪さん、渉が死んだよ」

しばらく意味が摑めなかった。それから冗談かもと思いつき、よりによって私は笑ってしまったのである。「——さっきまで元気で、一緒にご飯も食べて」

「突然死。今のところ、はっきりした原因は」とかぶりを振る。

怖気《おぞけ》が立った。「どこで」

衛くんは苦々しげに、「あき——生前の親父には若い愛人がいてね、今もまだ澪さんくらい。こっちに戻ってきてからの渉は、その家に入り浸っていた。そこで」

私は無意識に通りを見回していた。きっと自分が誰とどこにいるのか、わからなくなってしまいかけたのだ。「今、あきって——その人の名前？」

「あきこ」

視界の端で雲が晴れ、赤らんだ月が覗いた。

救急車はもともと、嘔吐症状に見舞われているとの菅原晶子《すがわらあきこ》を救うため、渉くんの要請に応じて出動したのだと聞いた。救命士たちが到着したとき、たしかに青い顔をした晶子さんがトイレから這い出してきたけれど、渉くんのほうはすでに動くこともかなわず、吐《と》瀉物《しゃぶつ》まみれで畳の上にごろりと横になっていた。

「食中毒？」私は鈍感をよそおって尋ねた。とりかぶとでは、と本当は問いたい。

運転しながら取り急ぎ事情を語った衛くんは、短い道中にすっかり疲れてしまったようだった。途切れがちに、「食中毒で、簡単に死にはしない。親父が心不全だったし、きっと心臓がなにかに耐えかねたんだと思う」

「心不全だったの」

彼はただ小さく頷いた。

私は重ねて、「晶子さんは今——？」

「同じ病院で治療を受けてると聞いた。会ってないけど」

メルセデスが救急病院に着いた。渉くんは地下の霊安室に移されていた。看護師に示されたドアからは、ちょうど祖母の倫子さんが出てきたところだった。線香のにおいがする。

あの女が殺した、私の子まで殺した、と泣き叫ぶ声が響いてきた。

「おふくろが取り乱してる。ちょっと待ってて」

倫子さんがベンチに坐ったので私もすこし離れて掛けた。どんな諍《いさか》いがあったにせよ、じつの孫の、不意の死に心を打ち砕かれぬはずがない。筋張った額に深い縦皺《たてじわ》をきざみ、潤《うる》んだ眼で呆然と空を見つめている。話しかけられなかった。

唯さんが、衛くんに後ろ抱えにされ廊下に出てきた。いくぶん落ち着きを取り戻したふうではあるが、あの女が殺した、あの女が、と呪詛《じゅそ》のように引きずっている。

「きっと心臓が弱かったんだ。お父さんと同じだよ」

倫子さんがはっと視線を上げる。衛くんの言葉に愕《おどろ》いているように見えたのだが、理由のほどはわからない。

「なんであの女を庇《かば》うの」

「庇ってなんかいない。機嫌が悪いとぶったりしてたみたいだから、多少は恨みもあったろう。でも殺すような度胸が彼女にあるもんか」衛くんは私を見て、「きっと司法解剖にまわされるだろうから、その前に澪さん、会っといてやって。子供のころ澪さんに憧れてた」

命じられるままに立ち上がったが、五感が鈍《にぶ》くなっているらしく水中を進んでいるような心地がした。室内にはまたひとり看護師が立っており、一礼して、ご対面になりますかと訊いてきた。躊躇していると、安らかですよと教えてくれた。

私は渉くんに会った。照明の加減か、不穏な夢でもみているような表情がうかんでいたが、見ていて胸苦しくなるような死に顔ではなかった。それまでの私には、どうしても毒物で変色し苦悶に歪んだ顔しか想像できずにいたから、わずかながら安堵した。やはり照明のためか、顔色は日中より白かった。

渉くん、お休みなさい。暗い魂の彷徨のなか、君はきっと人の何倍もの速度で生きたのだ。

人が亡くなったばかりの家に、泊めてもらうのは気が引けた。終列車の時刻を衛くんに問うと、ぎりぎり間に合いそうである。喪服を取りに戻りたいから駅まで送ってほしい、と彼に頼んだ。

†

「なんで舞い戻る必要が」と冨永くんが訊く。

「だって渉くんの告別式に出なきゃ。遠いといっても親戚だし、まさに彼が亡くなった

時、私は村上にいたわけだし」

「下手にうろちょろしてると殺されちゃいますよ」

「私が？　誰に」

「もちろん犯人に」

「病死に犯人はいません」

「でも澪さん自身、病死とは思っていない。そうでしょう？　体調がわるいとかなんとか云い繕《つくろ》って、このまま村上から遠ざかってたほうが賢明だと思うけど」

しばし考えこまざるをえなかった。「昨夜までは——私もそういう気持ちと半々だった。衛くんから電話があったの。葬儀に関してだったんだけど、晶子さんの話も。警察から事情聴取を受けてるって」

「受けるでしょうね、それほどの変死の、いわば立会人だったんだから」

「同じことが私の身にも迫ってるような気がして。もしここで東京に逃げたきりでいたら、かえってあらぬ疑いをかけられるんじゃないかと——」

私の重い口調とは裏腹に、冨永くんは軽々と、「澪さんは安全圏。だってその渉さんを殺害して得られるメリットが、澪さんにはまったく見当らない」

「殺人が功利的なものとは限らないでしょう」

「じゃあ殺したいほど憎かった？」

「私が？　渉くんを？　まさか」

「たとえば恨みを、相手の死によって償《つぐな》わせたとしたら、それだって殺人者の利益ですよ。澪さんの今の本音はこうだ。まず渉さんは誰かに殺されたと確信している。かつまた彼が、自分になにかを伝えんとしていたような気がしてならない。もう一つ。僕にも村上に行って、一緒にそれを突き止めてほしい」

「そんなこと云ってませんし、考えてもいません」

「そう、僕の考えすぎか。じゃあ独りで行ってらっしゃい。次のお帰りは？」

彼の顔を睨みつけた。「どうすればいいの」

「僕の意見はもう云いました。でもやっぱり葬儀に出たいんだから出てくれれば。渉さんの助言どおり、何を見ても聞いても気付かないふりをしてれば、きっと安全だよ」

「ちゃんと本音で答えて」

「最初から本音ですが。澪さんこそ、社長なら社長らしく采配してください。社員一号の明日の出勤先はここ？　それとも村上？」

「――冨永くんが厭じゃなければ、村上」

「どんなに厭でも社長命令とあらば同行します。出張手当はいかほどですか」

「勘弁してよ。旅費と食事代は持つから」

「もし泊まりになるようだったら、田舎の歯医者の蒲団部屋なんて御免ですよ、枕が違うだけでも入眠に苦労するんだから。他人と共用する必要の無い浴室と、温水洗浄便座付きのトイレも要求します」

「村上のホテルが満室だったら」

「じゃあ隣町の」

「やっぱり師村さんに同行してもらおうかしら」

「喜ぶでしょうね、誰にも邪魔されずに人形巡りができるなら」

私は吐息した。「もしこの店のトイレにその便座が無かったら――私の祖父が改装していなかったら、冨永くん、どうしてた?」

「初めて来たとき確認してました。もし無かったら、そうだな、まずちょっとした人形を買って、客としてトイレに苦情を云って、それから就職活動に入ったかな」

「君にはほとほと――」

「感心する?」

「ええ、いろんな意味で」

翌日のお昼前、私と冨永くんは村上の寺町にいた。

「菅原晶子、来てるかな」

「微妙な立場だから、どうかしら。もし私だったら、なるべく家に籠《こも》ってるような気がする」

「殺人犯だとして？　それとも恋人に先立たれた女として？」

「いずれにせよ」

予想はすぐに覆《くつがえ》った。門前に達した私たちは、折も折、凄まじい剣幕で喪服の女性を追い返そうとしている唯さんと、両者の間に割り入ろうとしている衛くんを目にした。とっさ、私たちは斜向《はすむか》いの商家の軒下に身を隠した。

自分も被害者なのだという女性の訴えを、唯さんが、自分は死なない程度に毒を呑んで——と否定しているのが聞えた。衛くんはどちらに付くでもなく、ただ葬儀の場の口論を嫌って、ふたりを引き離そうとしているようだった。

冨永くんが私の耳元で、「毒物が出たみたいだね。それにしても、あれが菅原晶子？澪さんと同年代と聞いたけど」

私も愕いていた。実年齢よりも若く見え、蠱惑《こわく》的な人だとも衛くんから聞いていた。だのに揉み合っているふたりを見比べると、動作からなにから間違いなく唯さんのほうが若々しい。片や結い上げた髪は灰色がかり、顔色も粘土のように冴えない。

「毒物の影響だとしたら、まさに悲劇だ。知ってる？　附子《ぶし》はぶすとも読む。毒の島と書いて毒島《ぶすじま》なんて苗字があるでしょう。まったく同じ意味。そして醜女《しこめ》を意味する、ぶすという言葉は、毒にあたって麻痺《まひ》したような顔というのがその語源との説も」

「よく知ってるのね」

「列車のなかで携帯いじってたでしょう。ウェブで、とりかぶとに関する記述を集めてたんだ」

感服した。女性が門前から離れていく。冨永くんは鞄を下に置き、ジャケットを脱いで袖の喪章を外しながら、

「悪いけど、お経は澪さんだけで聞いて。僕、彼女と話してきます」

「ちょっと、大丈夫？」

「なにが」と真顔で問い返された。

「見ず知らずの女性に、唐突に声をかけたりして」

「僕が唐突と思われるような出逢いを演出するとでも？」

「行ってらっしゃい、どこまででも。云っておくけど、鉄砲玉みたいな社員を長々と待っているほどお人好しの社長じゃありませんから」

「トイレ次第かな」

菅原家の便座まで確認したかどうかは知らないが、冨永くんは二時間ほどで私のかたわらに戻ってきた。別棟の広間で、まさに精進落《しょうじんお》としのお膳が配られはじめたところであり、ずっと近くからタイミングをはかっていたのではないかと疑った。人当たりが良く自己紹介も上手いので、たちまち丹能の家に気に入られて、私よりも先にビールを注がれていた。こんな店員さんのいらっしゃる玉阪人形堂ってどんなに素敵なお店なのか

しら、と唯さんから云われて、満更でもない自分がまた微妙に腹立たしい。

まわりから人が消えるのを待って、小声で、「どうだったの、菅原晶子」

「友好的だったよ。珈琲でも、って家の縁側に呼び込まれた。でも変死が起きたばかりの家で、あまり飲み食いしたくないよね。いつまでもカップに手をつけずにいたら、向こうも気付いて笑いだしちゃって、外で缶珈琲を買ってきてくれた。渉さんとは、イトコやギリが三つくらいずつ挟まった関係だって教えたのが良かったかな」

「それ私のことなんですけど」

「——が経営する店の店員だって云うまえに、向こうが納得しちゃったんだよ」と、そこまではうかんでいた薄ら笑いが、ふと掻き消える。「渉さんからも彼女の血中からもアコニチンが出てる。とりかぶとの毒成分だよ」

「本当？」

「ただし微量。通常、人が死ぬ量じゃない。晶子さんが数日でめっきり衰えたのは、事件のショックで深刻な不眠に陥っているからで、こないだまで白髪なんか無かったっていうのが本人の弁。これからもっと増えるだろうね。渉さんの父親についても思わせぶりなこと云いはじめたから、もっと話しこみたかったんだけど、強制中断されちゃった。警察からお迎え。今度は重要参考人だって」

「容疑者ってこと？」

「イコールではないけれどね。道々、アコニチンについても調べました。過敏体質の人が微量で死に至るケースも、無いではないって。もし渉さんがそうで、彼女がそれを知っていれば、チキンレースよろしく一緒にアコニチンを摂取し、相手だけを殺すことも不可能じゃない」

「なんのために。だって彼は晶子さんの恋人で、死んでしまったら――」

「寂しい。そして清々《せいせい》する。とりわけ自分に暴力をふるってきた男となれば」

冨永くんは自分の仮説に満足してしまったようで、これ以上の用が無いなら勝手に人形を見て歩いて、その足でホテルに向かうと云う。晶子という女性は、やはり本質的にコケティッシュなのだと私は感じた。

毒殺は美女の特権という思い込みが私にはあり、これはどんな物語からの刷込みかと記憶をまさぐっていた。しかし考えてみれば、論理的思考と云えなくもない。毒殺はほかの殺し方と違い、相手のふところに入り込んで自分を信用させないことには成立しない。美男美女ほど有利という道理になる。だから附子はぶすの語源だと聞いても、附子の方、といえば妖艶な美貌を想像してしまう。実際、ぶすになったのは周囲だし。

私の目には衰えきって映った菅原晶子だが、きっと男性には敏感にわかる、独特な艶《つや》めかしさを纏《まと》っているのだ。だから警察も冨永くんも毒殺魔ではと疑う。疑いながら、冨永くんなど差し出された缶珈琲を飲んでしまっている。缶の飲み口に毒が塗られていたら最後じゃないの。私でも思いつく。

そこまで思索して、はたとわからなくなった。晶子さんは渉くんから信頼されきっていたはずだ。ならば毒入りのものを一緒に食べる、冨永くん云うところのチキンレースをおこなう必要などない。渉くんにだけ毒を盛る方法は、いくらでもあった。では自分もまた何者かの被害者だとアピールするため？　彼女は誰を陥れたかったというのか──恋人を犠牲にしてまでも。

「晶子さん、アコニチンの出所についてはなにか──？」

彼は肩をすくめ、「見当もつかないって。食材のどれかに間違って入ってたんじゃないかと云うんで、なに食べてたんですかって訊いたら、ホットケーキ」

丹能家は無駄に思えるほどちまちまと小部屋に仕切られた造りで、私には、着物や時季はずれの洋服を詰め込んである箪笥だらけの一室が宛われた。樟脳《しょうのう》のにおいを、唯さんがしきりに詫びる。眠れないほどではないので構わないと笑った。これでまた当分、悪い虫とは無縁である。

人形巡りを再開したかったが、東京との往復の疲れがでて、部屋着に着替えたと思うや、ソファベッドの背を倒す余裕もなしに眠りこんでしまった。

携帯電話の呼出しで目が覚めた。師村さんからだった。つつがなく留守番しておりますが、いつごろお帰りでしょう、というちょっと矛盾した連絡だった。初めての接客に戸惑っているのだろう。なるべく早く帰ると答えた。

がたがたと引戸が揺れた。「澪さん、衛ですけど」

「——あ、はい。どうぞ」

戸が開いた。寒がりらしくセーターの上に丹前《たんぜん》を着込んでいる。「ちょっと話があるんだけど、夕食までその辺を散歩、大丈夫ですか」

私が首をかしげると、

「家のなかじゃ——」と頭を振って見せた。唯さんや倫子さんには聞かせられないという意味だろう。

そのままの恰好で出ていこうとしたら、冷えこんできたから、と別の丹前を持ってきてくれた。玄関までは気恥ずかしかったが、いざ街路に出てみれば揃いの恰好も、合宿のようで悪くない。商店が減り夕景色が開けてきた頃、衛くんは厳しい表情になり、

「あの彼、何者」と冨永くんのことを訊いてきた。

「だからうちの店員——職人だけど。荷物があるし、人形も見たがるから付いてきてもらっただけ」

「精進落としのとき、ちょっと会話が聞えたんだ。彼、晶子さんに会ってたの」

聞かれていたとなると云いぬけにくい。空惚《そらとぼ》けるのは諦め、「つい事情を教えたら、

ああいう好奇心旺盛な子だから。でもまさか本人を直撃するとは、私も思わなかった。ごめんなさいね」

「そうか、うん——いや、正直に教えてくれてありがとう。つまり彼なりに晶子さんを疑い、単刀直入に本人に接触した。どういう感触だったと？」

「好感をいだいたみたい。でも犯人だろうとも思ってる。変わった感性の持ち主なの」

「おふくろの味方が増えたか」

「衛くんはどう考えてるの。本当に事故だと？」

「渉は生命力全般、弱まっていました。毒物についても、店員の彼と話してたね——？」

「ええ、アコニチンが出たとか」

「だけどアコニチンなんて澪さん、蜂蜜から検出されたりもするんだ。蜂を飼っている近くにアザレアやアセビが咲いていれば、今度は蜜にグラヤノトキシンという猛毒が混じるかもしれない。穀物アレルギーの人が、それを口にしていた恋人との接吻でアナフィラキシーを起こすこともある。世の中は、僕らの想像を超えるアレルギーや毒物に満ちている。でもおふくろには、親父と同じ死に方に見えるんだろうね」

「お父さま、心不全じゃなかったの」

「心不全。ただし晶子さんの家から——この路の先だけど——の帰途だった。路上で倒れた。かねてから心臓の治療を受けていたから、誰も変死とは思わなかった」

私はびっくりしてしまい、しばらく言葉を返せなかった。彼女に疑惑が集中するのも無理はない。「二つの死を、唯さんは晶子さんによる殺害だと思っている。衛くんはどちらも突然とはいえ病死だと——そうよね？　倫子さんはどう考えているのかしら」

「晶子さんが犯人だとおふくろが云えば、それは違うと云いはるでしょう、天邪鬼《あまのじゃく》なんだ。迷信ぶかいから、どちらにも先祖の罰があたったと思っているかもしれない。あそこですよ」と彼は立ち止まり、通りの向こうの簡素な平屋を指差した。

「古い家。偏屈なお婆さんでも住んでそうな——」

「早くに両親を亡くして、ずっと独りで守ってる。今はきっとスーパーのレジに。彼女は犠牲者ですよ、親父や渉の身勝手の。ずいぶん歩かせてしまった。そろそろ戻りましょう」

別の順路で帰った。

「澪さん、いつまで村上にいられますか」

「留守番の職人が困っているみたいだから、あした帰ろうかと」

「そう」と衛くんは残念そうに頷いた。

対話から、私は一応の満足を得ていた。よほどの新事実が出てこないかぎり、二つの死の真相はこのまま藪《やぶ》の中だろう。そして衛くんの合理的な見解が人々の間に浸透していく。渉くんの訃音《ふいん》をうけたときは迷宮に放り込まれたようだった私の心も、今は静かな諦めに包まれつつある。

「気合を入れてたほどには、あまり人形、見られなかったな。また来年お邪魔しようかしら、お墓参りを兼ねて」

「それがいい。その頃には僕らも落ち着いているでしょう。村上の人形は逃げませんよ」

渉くんから投げかけられていた質問を、ふと思い出した。衛なら答えるとも彼は云った。「――衛くん、人はなぜ人形を作るんだと思う？」

渉くんの予言は当たった。衛くんはなぜわざわざ問うのかという顔で、躊躇《ちゅうちょ》の気配もなくこう明言したのである。「それに託して、力を継承するためだよ」

一度は澄んだようだった私の思考に、また分離しきらぬ澱みが漂いはじめた。

翌日、冨永くんがやらかした。独りどこかで食べてくればいいものを、ご馳走してほしいのか淋しいのか、お昼前に丹能家へとやって来て私に空腹を訴える。頃合も悪くないので荷物をまとめ、どこかで名物を食べてから東京に帰ります、と唯さんと倫子さんに挨拶した。

「まだここの大浜人形を見てないや。澪さん、待合室にあるんだっけ」

私もまだ見ていなかった。冨永くんは勝手に医院の入口へまわっていく。

「ちょっと」とそれを追いながら、唯さんたちを振り返り、「衛くんに挨拶してきます」

身を縮めて医院に入っていくと、冨永くんは患者さんたちへの遠慮もなく、大小二十ばかりの土人形が並んだ雛壇の真正面に陣取っていた。

「ばらばらだ。せめて時代順に並べればいいのに」などと好き放題を云う。

「冨永くん、せめて恥はかかせないで」

「あれ？」と彼は雛壇の横にまわり、その最上段に手を伸ばした。

「ちょっと、勝手に触らない」

「だってこれ」段の中央を占めていた比較的新しい大型の女雛を、彼はひょいと摑み取って私に向け、「一度たぶん糸鋸《いとのこ》で切って、また繫いでありますよ。内側を見るため？　それにしてもひどい修復だな。記念に直して帰ろうかな」

たしかに女雛の台座には、横一文字の接着痕が見えた。上から似た色をのせてあるが、角度によってははっきりとわかる。

「――ていうか、これ重い。何かが入ってる」

院内に響きわたる金切り声に、私は身を硬くして入口を振り返った。衛くんも診察室から出てきた。声の主は玄関に仁王立ちした倫子さんだった。

「なにをしている」

「見ているだけですよ」と冨永くんは動じない。微笑している。

「雛壇に戻しなさい」衛くんも厳しい声で彼を叱咤した。

次の瞬間、私たちは冨永くんという人物の、空恐《そら》ろしい一面を見せつけられた。病人？　天才？　薄笑いをうかべたままいったん元の場所に戻そうとした女雛を、彼はチャールズ・チャップリンの奇矯な芝居よろしく、まるで女雛に意思があるかのように、みずからの額にぶつけたのである——床に落としただけでも破損必至の、やわな素焼きの人形を。

わ、と驚いたそぶりで後ずさった彼の、額は見たところ無傷だった。しかし女雛のほうは跡形もない。仮漆《ニス》で繋がった残骸とは別に、子供の拳《こぶし》ほどの紙包みが絨緞《じゅうたん》の上を転がった。

「お方さま」倫子さんが叫んで包みに飛びつき、幾重もの紙を剝いて中を確かめた。中身は、素人仕事で接《つ》ぎ合わせた、古い享保雛のかしらだった。

見るな、と衛くんが叫ぶ。五、六人はいた患者やその付添いも、看護師たちも、私も、いつしか玄関に立っていた唯さんも、活人画よろしく立ち尽くすほかなかった。

†

混乱につつまれたまま、私たちは逃げるように村上を離れた。とりあえずできることといったら、乗換えのたびにビールを買い込み、酒びたしで冨永くんを叱るくらいだった。次にトラブルを起こしたら馘首《くび》だと告げた。これは不思議なほど彼に堪えて、以後、店に戻るまでのあいだ一度も口を開かなかった。

師村さんは眼を充血させていた。「お客さんがいらっしゃると、どうしても修理に集中できませんので、残った仕事をつい深夜まで朝まで——と、じつはそのまま」

私はお土産を買い忘れたと気付いた。彼に詫びようとしたとき、冨永くんが鞄から酒びたし（私ではない）と地酒を取り出した。きっと買い忘れるとふんで前日のうちに買っておいたのだと、こっそり耳打ちしてきた。

奇天烈《きてれつ》な夢にも似た村上行だったが、お蔭でたしかになった事実もある。玉阪人形堂を私が経営するかぎり、必要にして欠くべからざる人材がふたりいる。

いや、彼らとの日常のほうが世間から見れば夢のような話で、村上で私は、久々に現実らしい現実に触れたに過ぎないのではないか——。

晶子さんと冨永くんは、私の想像を超えて意気投合していた。のちの村上丹能家の様子を、私は、冨永くんに送られてくる彼女のメールによって知った。

附子の方のかしららしき物が丹能歯科医院に伝わっていたことは、たちまち町屋の人人の知るところとなった。倫子さんの実家に代々秘蔵されていたのだ。しかし彼女の父親は伝説を嫌い、不吉な人形を破壊、廃棄した。かしらの破片を倫子さんは拾い集め、接着して隠し持っていた。

伝説の、その底力に震撼するほかない。附子の方の崇拝者だったと知れるや、丹能家の二つの死にまつわる疑いは、とたんに倫子さんへと向けられた。警察は彼女を事情聴取した。

嫌疑を晴らすべく、衛くんが警察に出頭した。倫子さんがいつしか、附子の方と自分を同一視するに至っていたのは事実らしい。彼女は偏愛をそそいでいた衛くんに、「これさえあれば、あらゆる望みが叶う」と小さな紙包みを与えていた。彼が小学生の頃の話だ。

衛くんはまだ持っていた。それを警察に提出した——古い古い附子の粉を。ほぼ毒効が抜けているのを彼は察しており、父親や兄を疎ましく思っていたのを認める一方で、現実に使ったことはないと主張している。かりに彼がそれを人に盛ったのだとしても、なにしろ毒とは云えないから罪にはなるまい。

「衛くんの附子は、本当に使われなかったんだと思う？」

「晶子さんはそう書いています。少年時代から私に同情的な面があったから、嫌疑がこちらに向くような真似はしなかったろうと。伝説の存在ゆえに、二つの病死が殺人の様相を呈してしまった。倫子さんは衛さんの仕業と信じ、衛さん自身も、自分が附子の包みを大切にしてきたせいで、内なる望みが実現してしまったのではという思いを払拭《ふっしょく》できなかった——そういう物語ですよ。祖母を慕うがゆえ罪の意識に苦しんできた衛さんに、町屋の人たちは同情的だとか」

冨永くんがくだした結論に、私は同調しきれなかった。その物語は、ひとり重要な人物を欠いている。

私たちが村上を離れるとき見送ってくれたのは、騒ぎに対して冷静でいた唯さんだった。また来ます、と私が列車から挨拶したとき、彼女はこう云ったのである。「もう充分よ」

冨永くんの奇行を怒っているのだと思い、深く頭をさげた私だったが——今にして思うのだ、あれは、もう充分に思いを遂げたという意味だったのではないか。一連のことで最後まで無傷だったのは、それどころか利益さえ得たのは、唯さんだ。裏切りに満ちた夫も、迷惑な長男も消え、手許には医院、そして忠実な次男。夫の愛人は美貌を、折合いのわるい姑《しゅうとめ》は社会的信用を失った。

姑の異常な信仰も、次男が机に隠し持っている秘密も、唯さんなら知りえた。夫や長男に対し実験をかさね体質を把握することだって、古ぼけた不用心な家に忍び込んで彼らの好物に毒を混ぜることだって、あとで証拠を回収することだって、唯さんにはできた。彼女にだけはその全部ができた。

私が頭をあげたとき、芝居の幕が閉じるように列車のドアが閉まったのを、奇妙に鮮明に憶えている。厚い硝子の向こうには、まるで胡粉《ごふん》で被ったような硬い笑みがあった。

# 四　最終公演

豆腐店のご隠居は、いつでも酔っ払っているように見えて、そのじつビール二、三杯で顔が青ざめるほどの下戸《げこ》だ。そしてこの点がある意味、彼の最も困ったところなのだ。基本的に閑《ひま》な人だから、贈答シーズンになると時刻もわきまえず貰いもののお酒を提げてきて、うちの職人たちに飲ませようとする。人が酔うのを眺めるのが、いちばん楽しいアルコールの利用法らしい。

勝手に流しの湯呑みに注いで、配ってまわって、すこしでも厭《いや》な顔をしようものなら、

「商店会会長の盃《さかずき》が受けられない？」と露骨に不機嫌になる。

そのうえ職人の片方が、お酒の銘柄によっては、

「あ、僕は基本的にワインかシャンパンしか飲まないので。それにお客さんが来たとき素面《しらふ》の店員もいないとまずいでしょう」

などと平気で断ってしまうため、もうひとりの職人も店主たる私も、ますます断れないのである。

その午後、ご隠居はべつに提げてきたコーラを何杯も飲みながら、衛星放送で観たという人形芝居について熱く語った。私が幼児の頃のシリーズの、ダイジェスト版が放映されたようだ。

「子供向けの子供騙しっていう頭があったからさ、昔は見向きもしなかったんだがね。この店でいろんな人形を眺めるようになったからかな、おや人形だ、と思って点《つ》けっぱなしにしといたら、つい話にのめり込んで、とうとう最後の最後まで観ちゃった。泣かせる場面にくると、ぐっと込み上げてきちゃったり――ここで毎日、人形相手に奮闘している皆さんにゃ失礼な言い草だが、たかが人形、されど人形とでも云うのかな、正直、参りましたよ。歌あり踊りありの、泪《なみだ》あり笑いありで、あれ以来、頭んなかが若返ったようだ。知能指数は一三〇〇、なんつってね」

「あやつり人形でお孫さんを喜ばせてみる？　お求めなら仕入れますよ」

「お宅は修理屋だろ」

「まだ小売りもやってますって。ちゃんとケースに並べてあるでしょう」

「ありゃ売りもんかい。思い出として残してあるのかと思ってた」

実際にそういう側面もあるから、怒るに怒れない。

「どこが違うのかな」と、ご隠居がつぶやく。

「この店？　もちろん祖父の時代とはいろいろ――」

「じゃなくて人形劇の話さ。大昔、倅《せがれ》がまだ小学生の頃、せがまれて、公民館でのそういう公演に連れてったことがあるんだけど、そっちはちっとも頂けなかった。劇団の格が違うと云ってしまえばそれまでだが、具体的にはどこがどう違うのかなと思ってさ。人形が違うのかな。それともあやつる技術？　あんたならどう答える」

「はい？」急に問われた職人は、慌てて背筋を伸ばした。

「だから、倅が小学生のとき――」

「いいえ、ちゃんと聞いておりました。とつぜん質問を受けて愕《おどろ》いただけです」と彼は礼儀正しく弁明したが、目つきがとろんとしている。こちらもあまりお酒に強くないようだ。「人形の出来が違うというのも、操作技術の次元が違うというのも正解ですが、最も違うのは、その劇団を支配している狂気の度合いではないでしょうか」

話題に馴染《なじ》みがいいとは云いがたい語彙《ごい》に、私たちは沈黙した。

「つまり、ズデニェク・パラフの――」と、職人のほうも失言したと思ってか、慌ててなにかを云い足そうとしたが、すぐさま言葉に詰まった。湯呑みを置いて立ち上がり、

「顔を洗ってきます」

しばらくして、さっぱりした顔で戻ってきた。

「少々酔っているようです。お話をうかがいながら、むかし海外で観た劇団のことを思い出していました。しかし直接ご覧になったことのない方々に、上手くご説明できる自

信はありません。さっきのは酔っ払いの妄言としてお忘れください」

「パラフって聞いたことがある」と、ひとり素面だった——といっても仕事に精をだすわけではなく、趣味のパッチワークを続行していた——職人が、話に割り入ってきた。

「たしかチェコの人で、もう亡くなってるよね。会ったの」

「会ったかと問われれば、たしかにお会いしました」

「それが狂気に満ちた人物だった？」

「いえ、そんなことはありません。誤解を招きかねない言葉をつかってしまいました。しまったな。どうご説明したもんでしょう」

職人は腕組みをして考えこんでしまったが、私たちは黙って次の言葉を待ち続けた。ようやく彼が顔を上げ、私たちを見回した。

†

徳川時代から伝わる——いや源流を辿れば古世の散楽とも、より古いとも云われる、日本伝統の糸あやつりは、なにしろ手板に結ばれた糸の数からして十本以上、多い人形は三十本近いというんですから、動きの洗練においては他の追従をゆるしません。たとえば糸あやつりによる獅子舞、テレビなどでご覧になったことは？

いったん糸を視界から外してしまえば、もはや小さな人間が入って懸命に獅子頭を動戦時下のパリを生きた図書館員たちを描く感動作!

# あの図書館の彼女たち

ジャネット・スケスリン・チャールズ

高山祥子 訳　四六判並製・定価2420円 E

ナチス占領下のパリ。苦しくても、わたしたちには愛する本と図書館があった――。ある女性司書の謎めいた人生を軸に、戦時下の図書館員の勇気と、世代を超えた絆を描く物語。

装画:荻原美里

不朽の名作を新訳で!

# 長い別れ

レイモンド・チャンドラー

田口俊樹 訳【創元推理文庫】定価1210円 E

私立探偵マーロウが巻き込まれた複雑極まりない事件。愛と友情を描いたチャンドラーの最高傑作を名手渾身の翻訳で

古都・京都の不可能犯罪!

# 431秒後の殺

京都辻

床品美帆 Yukashina Miho

四六判仮フラン【ミステ

ヒューゴー賞・ネビュラ賞・ローカス賞・日本翻訳大賞受賞シリーズ待望の最新作

マーダーボット・ダイアリー

# 逃亡テレメトリー

マーサ・ウェルズ

中原尚哉 訳

装画:安倍吉俊

【創元SF文庫】定価968円 E

暴走人型警備ユニットの“弊機”は、ステーション内で他殺体に遭遇し、ミステリー・メディアを視聴して培った知識を活かして捜査をはじめるが……。

たまさか人形…

顔を粉々に砕かれた人形、…持ち込まれる。人形を修復する…

## 過《あやま》ちの雨が止む　アレン・…

田舎町で死んだ男は、実の父なのか？　事件を…かに描く、心ゆさぶるミステリ。三冠受賞のデビ…

…贈ります。

…る。第十六回ミステリーズ！新人賞受賞者が贈…の青年が遭遇する五つの不可能犯罪。全編ハウダニットの本格ミステリ！

…探偵六角

♛第五回創元ファンタジイ新人賞佳作

## ヴェネツィアの陰の末裔　上田朔也

定価1…

十六世紀ヴェネツィアを舞台に、異端と迫害されながらも、列強の権…に身を置き、陰の世界に生きる魔術師たちの姿を描いた、第五回創元ファンタジ…賞佳作作品。

■創元SF文庫

## エンタングル：ガール　高島雄哉

定価880円 Ⓔ

舞浜南高校に進学した了子は映研で映画製作を始めた。だがこの高校は、いや、この街も不可思議だった。新時代のハードSF作家が伝説のアニメ『ゼーガペイン』を語り変える。

好評既刊■創元海外SF叢書　四六判仮フランス装

♛二〇二〇年ローカス賞SF長編部門受賞作

## 永遠の真夜中の都市　チャーリー・ジェーン・アンダーズ／市田 泉 訳

定価2860円 Ⓔ

常に太陽に同じ面を向ける惑星の、永遠の夜と昼の間の黄昏で衰退してゆく人類。ソフィーは人類の命運を握る秘密に迫る。『空のあらゆる鳥を』の新鋭が贈るローカス賞受賞作。

好評既刊■海外文学セレクション　四六判上製

## 編集者とタブレット　ポール・フルネル／高橋 啓 訳

定価1980円 Ⓔ

紙に埋もれて生きてきた編集者デュボワの毎日は、タブレットで原稿を読む日々に変わった。紙の本は消える？　彼の当惑と軽やかな選択。すべての読書人と出版人に捧げます。

既刊■ミステリ・フロンティア　四六判仮フランス装

## …に祈りを　ただし、無音に限り　織守きょうや

定価1870円 Ⓔ

…行く石垣の上に、こちらを指差すような霊がいる。私立探偵の春近と、中学生の楓が遭…した霊は、衝撃的な事件を告げる始まりだった。『ただし、無音に限り』に続く第二弾。

■単行本

## にごりの月に誘われ　本城雅人

四六判並製・定価１９８０円 Ｅ

余命半年、ＩＴ企業会長の最後の自叙伝が会社存続の大きな鍵を握る。取材で続々と判明する新事実に隠された陰謀とは何か？　吉川英治文学新人賞作家が描く渾身のミステリ。

## ピラネージ　スザンナ・クラーク／原島文世 訳

巨大な建物の世界で孤独に暮らす男。彼が自分はなぜこの世界にいるのかを疑問に思ったとき、すべての謎が。……数々の賞を受賞した著者が十六年ぶりに放つ傑作異世界幻想譚。

四六判上製・定価２６４０円 Ｅ

東京創元社が贈る総合文芸誌

## 紙魚の手帖

SHIMI NO TECHO

vol.04 APR.2022

■偶数月12日頃刊行　Ａ５判並製・定価１５４０円 Ｅ

凪良ゆう『流浪の月』、映画化記念特集！

坂木司『きみのかたち』、長編連載開始。櫻田智也、君嶋彼方、乾石智子、藤井太洋、エイキン、ロプレスティら読切掲載ほか。

vol.03 FEB.2022

『短編ミステリの二百年』（小森収編）完結記念特集

■碁楽選書　四六判並製

## 相手の狙いを見抜け

金《キム》日煥《イルファン》、李《イ》夏林《ハリム》／洪《ホン》敏和《ミンファ》 訳　定価2640円

相手から考えてもいない一手を打たれることがある。対処の仕方次第で、形勢が変わってくる。有利に進めるためには、どう対処すればよいのか？　本書はその手段を解説した。

■創元推理文庫

## 冷えきった街／緋の記憶

日本ハードボイルド全集4　仁木悦子／北上次郎、日下三蔵、杉江松恋 編　定価1650円

「日本のクリスティ」と呼ばれた人気作家・仁木悦子はまた、優れたハードボイルドの書き手でもあった。仁木ハードボイルドを体現する探偵・三影潤ものの傑作を一巻に集成。

## オルゴーリエンヌ

北山猛邦　定価1320円 Ⓔ

再会した少年クリスと少年検閲官エノを待ち受けていたのは、孤島の洋館に住むオルゴール職人たちを襲う連続不可能殺人だった！　著者渾身の長編ミステリ、待望の文庫化！

既刊■創元推理文庫

PICKUP

# ールドマン家の悲劇 上下

エル・ディケール／橘 明美、荷見明子 訳　定価各1100円 E

ヒット・ミステリ『ハリー・クバート事件』の著者が描く、ある悲劇の物語。作家マカス・ゴールドマンの憧れだった伯父一家と従兄弟たちにいったい何があったのか？

《柚木草平》シリーズ

# うしろから歩いてくる微笑

樋口有介　定価902円 E

十年前に失踪した友人の目撃情報が最近増えている、その事件を調べてほしいという依頼で鎌倉を訪れた柚木草平。とたんに新たな殺人事件に遭遇し……。円熟のシリーズ最終巻。

好評既刊■創元文芸文庫

# キネマトグラフィカ

古内一絵　定価814円 E

老舗映画会社に新卒入社した〝平成元年組〟が久しぶりに再会する。四半世紀の間に移り変わる映画の形態と彼らの人生を哀惜と希望を込めて描く、傑作エンターテインメント！

※価格は消費税10％込の総額表示です。 E 印は電子書籍同時発売です。

本屋大賞受賞作家が描く、
傑作家族小説、待望の文庫化!

# うつくしが丘の不幸の家

**町田そのこ**

装画:大久保つぐみ

【創元文芸文庫】定価770円 E

創元文芸文庫

わたしが不幸かどうかを決めるのは、家でも他人でもない——《不幸の家》と呼ばれる家で、自らのしあわせについて考えることになった五つの家族の物語。

4
2022
新刊案内

東京創元社
〒162-0814 東京都新宿区新小川町1-5
TEL03-3268-8231(代)
http://www.tsogen.co.jp
*価格は税込

かしているとしか感じられなくなる、たいへんに手の込んだトリックとでも申しましょうか、まさに至芸です。

しかし人形そのものの、自由闊達《かったつ》な造形という点から見れば、東欧はチェコの人形劇に軍配があがるかもしれません。あの国で人形劇が盛んなのには、かつて大国の支配下でも、人形劇でだけは母国語の使用がゆるされていたという背景があるのだそうです。子供向けの幼稚な娯楽として甘く見られたんでしょう。為政側の者には科白《せりふ》が聞き取れない。ユーモラスな口上や人形の動きに、無学な民衆が腹をかかえているようにしか見えない。まさか勇猛果敢な政治批判がおこなわれていようとは、夢にも思わなかったんですね。

だからチェコの人形劇は、伝統への誇りに満ちていながら、演者の、脚本家の、人形作家の、自由を重んじます。型にとらわれるのを嫌います。あちらのマリオネットに見られる極度のデフォルメ、鑿跡《のみあと》さえ残した磊落《らいらく》な造形を、グロテスクと感じる日本人も少なくないでしょう。それは民族性の差異というより、人形劇にたくされてきた想いの質が異なっているからだと考えます。

そんなチェコの人形劇界においてすら、パラフ劇団の型破りな姿勢には、批判もまた絶えなかったと聞きます。マリオネットによって物語を伝えようという意識自体、ズデニェク・パラフには稀薄だったんでしょう。彼にとってマリオネットは、特異なイマジネーションを現出させるにあたり、身近に見出した素材に過ぎなかったのだという気がします。

基本は糸による操作ですが、なんらそこに拘泥《こうでい》するものではありません。モーターを仕込んでおいて顔を動かすなんてのはお手の物、どうも糸ではありえない動きが多いと思って目を凝《こ》らしましたら、あらかじめ録っておいたダイナメーションを映写していた、という幕さえありました。もし人形よろしく文句を云わずギャランティも要求しない俳優がいたなら、もし可能ならばですが——彼は迷わず自分の小さな舞台に立たせたでしょうね。氏にとって、あらゆる表現手法は自分に使われるのを待ち構えている道具に過ぎず、手をこまねいている他の劇団をむしろ不思議がっているようでした。

すなわちご想像どおり、ちっともお行儀のよい舞台ではないんです。猥雑《わいざつ》で、けたたましく、目まぐるしい。けれんのために物語を歪めてしまうので、場所も時代も役柄も滅茶苦茶。いつの間にやら別の物語が入り込んできたかと思えば、お約束のハッピーエンドは退屈とばかり平然とカットしてしまう。どういう結末なんだかわからない。大のおとなが悪ふざけに終始していたと称しても、あながち過言ではありません。芸術なんて概念、きっとパラフ氏にとっては監獄と同義だったのでしょう。

生前の氏には、二度、お会いする機会に恵まれました。どちらもずいぶん昔の話です。

古くからの知合い――私などよりずっと人形に詳しい人物――がチェコを旅するとき、勉強させてやるとの親心からでしょう、二度にわたって同伴をゆるされたんです。

初めての公演鑑賞ではただ唖然として――いや実際、私の口は始終あんぐりと開きっぱなしだったと思います。とりわけ印象ぶかかったものをお話しすれば、まず、そう、マリオネット遣いのマリオネット遣いのマリオネットですね。云い間違いではありませんよ。

マリオネットがより小さなマリオネットを、そのマリオネットがまた、もっと小さな指人形ほどのマリオネットをあやつっているんです。最も小さなマリオネットもまた、見えないマリオネットをあやつっているような動作をしていました。本来の遣い手――顔は見せなかったもののパラフ氏自身に違いありませんが――を含め、四重になった「画《え》のなかの画」です。その全部がばらばらの動きを見せるものですから、観ているほうは目がまわりそうです。やがて自分自身がどの階層に属しているのかわからなくなりはじめます。もちろん、いちばん後ろの最も大きな人形遣いの階層だと、頭では理解しているんですが、感覚的にはより下方であやつられているような気がしてなりません。

あれは一体全体、どういう仕組みで動かしていたものでしょう。未《いま》だ見当さえ――。映像を組み合わせた視覚トリックだったんでしょうか。それとも、まさしく神業《かみわざ》を見せつけられたんでしょうか。

舞台から飛び出してくる竜にも肝を抜かれました。さきほど挙げました日本の獅子舞を彷彿《ほうふつ》させる、じつに大掛かりな人形です。大きな翼を本物の鳥か蝙蝠《こうもり》のように畳んだり開いたり羽ばたかせたりするだけでも大変でしょうに、関節の多い二本の肢《あし》でのしのしと歩きまわり、自在に動く三つの頭からは、それぞれに火花を吐いていました。深紅の竜でした。翼は黒っぽかったと記憶しています。演技の終盤、その翼をこれまでになく大きく広げて前後させたかと思いますと、獲物に襲いかかる猫のように身を縮め、直後、宙へと舞い上りました。たわめていた頸《くび》や肢を伸ばし、相変わらず火花を吐きながら、観客の頭上へと。そして大きく旋廻を始めました。

喜んで拍手喝采するお客がいる一方、悲鳴をあげて逃げ出そうとしたお客たちもいて、なんの予備知識もなく鑑賞していた私も、どちらかといえばそのくちでした。それまでの見事な操作から、こんな竜だったらヨーロッパのどこかに実在して不思議はない、と感じはじめていましたからね。やっぱり本物だった、と片時ながら真剣に思いましたよ。

ただしこちらの仕掛は、その場であるていど見切ることができました。小屋の天井にたくさんの滑車が備わった装置が据え付けてあり、竜は最初からその装置ごしにあやつられていたんです。装置が客席にむかって移動すると、竜も舞台から飛び立つというわけです。必要とされる操作技術を思いやるに、気が遠のきそうになりますがね。

装置が回転すれば竜も旋廻を始める道理ですが、なぜ糸が絡まなかったのか、これは今もわかりません。こちらの気が動転していたから旋廻と見えただけで、じつは絡まないよう8の字に飛んでいたのかもしれません。

終演後、楽屋でお会いしたパラフ氏は、抱いていたイメージとはまったく違う、引き締まった肉体を黒いセーターに包み込んだ、物静かな紳士でした。眼光の鋭さには初め戸惑いましたけれど、接しているうち、氏のほうも東洋からの客人に緊張していたようだと悟りました。

私たちが雇っていた通訳をつうじて、文楽のことなど訊いてこられました。もともとお詳しいようで、知識の確認に過ぎないふうでしたが。また、日本の庶民は伝統的な人形を身近に楽しめるのかと問われるので、雛人形や五月人形についてお教えしましたら、美しい、美しい、としきりに繰り返されました。

†

「あの、皆さん、ご退屈では」と、私たちのおとなしさを誤解して問う。とんでもない、どうぞ続きを、続けて続けて、と私たちははしゃいで見せた。ご隠居が彼の湯呑みに酒を足す。ここで終わられたら蛇の生殺《なま》しである。

今はアルコールで程よく舌が滑《なめ》らかだが、普段は寡黙で、とてもじゃないが自分の過去を語ってくれるような人ではないのだ。

「それが最初の出会い。で、二度めは何年後？」と、素面のほうの職人が巧みに誘導してくれた。

「五年――いや、もうすこし経っていたでしょうか。もちろん改めての渡欧の最大の目当ては、パラフ劇団でした。ところが」

†

再びチェコの地を踏まんとして予定をたてている最中、私たちはパラフ劇団がすでに解散していることを知りました。パラフ氏はまだ壮年、引退には早すぎる年齢です。ともかくもご自宅に連絡をとってみましたら、しばらくまえに脳梗塞で倒れられたとのこと。

私も知人も心から落胆し、あの飛切りの芸に触れられないのだったら、いっそチェコ以外の国を巡ろうかと相談しておりました。そこにパラフ夫人からご連絡があり、

「わざわざ日本から来てくださるのだったら、自宅で最後の公演をおこないたいとズデニェクが申しています。ただし三个月の猶予《ゆうよ》をください」と。

ハナ・パラフさんとおっしゃるこの奥さまは、劇団のもうひとりの立役者です。当初から異端視されていたパラフ劇団の道程は、当然のごとく平坦ではなかったと聞きます。劇団員が夫婦ふたりきりになってしまった時代もあったとか。そんな窮地において――

おそらく血のにじむような努力があったのでしょう――高度な技術を習得し、夫を、劇団を支え続けたのがこのハナさんです。

当時の公演を見守っていた人の記述によれば、以前の、またのちに盛り返して劇団員が増してからの公演とも、まったく変わらぬ出来映えだったというんです。カーテンコールを受けて舞台の手前に出てきた操者が、たったふたりであることに観客はどよめき、それまで目にしていたものがまさに奇蹟であったと気付いた――そうありました。

我々は渡航を延期しました。こうなったら意地、という気分もありましてね。

ご自宅を訪ね、玄関でパラフ氏から迎えられたときは、その姿に言葉をうしないました。想像よりだいぶひどい状態でした。介護人が押す車椅子に力なく身を沈めて、言語も明瞭に発しえなければ、手や頭を動かすのも侭《まま》ならぬ様子。表情を失った顔は、実年齢より二十も老けて見えました。

そんな状態でいてどうやって人形をあやつるのかと、私の知人が、同行した通訳ごしに無遠慮に問いましたら、ハナさんが代わりに答えて、

「劇団にいた若者たちが、新しい劇団を旗揚げしました。今夜は彼らが演じます」

正直なところ、落胆しましたよ。私たちが予定を変えてまで鑑賞したかったのは、往時の輝きは失せているにしろパラフ氏ご自身の芸、そしてハナさんの芸なんですから。しかし今さら帰るわけにもいきません。

意外と質素で手狭な客間では、五、六人の若者たちががたがたと大道具を組み立てていました。正面のソファに陣取り、観客は私たちだけかと問いました。

「いいえ。せっかくなので近所の子供たちも招いてあります。もうじき集まってくるでしょう」とハナさんはおっしゃる。

ふるまわれた白ワイン――チェコの白ワインはたいへん美味《おい》しいのです――をいただきながら開演を待っていますと、パラフ氏の車椅子が近づいてきました。その不明瞭な言葉を、通訳が苦心して伝えてくれたところによれば、

「あの若者たちに私の代わりはできません。もともと才能に恵まれているうえ、学校で美術や演劇をまなび、今では私から叩きこまれた技術や知恵も有している。しかし決定的に欠いているものもある。あなたがたがおいでになったのを機に、パラフ劇団最後の仕事として、それを彼らに与えることを決意しました」

設営の終わった舞台が大仰なスポットライトで照らしあげられた頃、ようやくと子供たちが訪れ、部屋に入ってきて、直接床に坐りこみました。男の子がふたり、女の子がひとり。日本の子供に見立てたなら小学校の低学年から中学年といった恰好でしたが、本当はもっと幼かったかもしれません。

「目の肥《こ》えた子たちですよ」とハナさんがおっしゃる。

そのご紹介とは裏腹に、この子供たちの喧《かまびす》しいこと、お行儀のわるいこと。すでに

音楽が流れナレーションが始まっているというのに、舞台になど目もくれず、ふざけ合ったりお菓子を食べたり、私のいるソファの周りを走りまわったり。人形が登場し芝居が始まってからも、一向に静かになりません。むしろ科白《せりふ》に対抗するように大声をあげはじめた。

しかし子供たちの気持ちも、わからなくはなかったんです。最初の幕はパラフ劇団のお家芸だった狂騒的な寸劇、次もパラフ氏直伝であろう大道芸の再現——さまざまな仕掛を駆使したトリッキーな幕でしたが、いずれも私の目に、あまり面白いものではなかった。あれを観るためにまたチェコへ出向くかと問われれば、答は間違いなく、いいえです。

決めごとがきっちりと再現されているのはわかる。その技術が高いこともわかる。科白まわしも愉快らしく通訳が何度も噴きだしていましたが——かつてのパラフ劇団にあった異様な熱気とでも申しましょうか、その舞台に接している自分をも特別に思えるほどの、あの極彩色の輝きは一瞬たりとも感じられずにいました。

おとなのようにあれこれと気をつかう必要の無いぶん、子供の反応は正直なものです。ハナさんがおっしゃった「目が肥えている」というのは、いわば翻訳の綾《あや》であって、率直な反応を見せる子供たちです、といった意味だったのかもしれませんね。

出来に不満なのはパラフ氏も同様らしく、二幕めからはとうとう、その不自由な口から舞台にむかって野次を飛ばしはじめました。初心者の初舞台を観ているようだ、とか、たった三人の子供を惹きつけられなくてどうする、とか——ときに通訳が困りはてていましたから、口汚い罵倒も含まれていたようです。ついには、

「私はこの劇団を認めない。最後まで観たいとは思わない。次の幕で終わりにしろ」

舞台の裏側で女性の団員が泣きはじめました。ええ、はっきりと声が聞えました。

居《い》た堪《たま》らない心地になった私は、通訳をつうじてパラフ氏に、

「充分に楽しい舞台ですから、最後まで鑑賞させてください」とお伝えしました。

鋭く睨み返されただけでした。子供たちは相変わらず騒いでいます。まったく何をしに来たんだかわかりません。舞台のカーテンを閉じたまま、劇団員たちがいったん部屋の外に出ていくのがわかりました。きっと真剣に相談しあったのでしょう。そして皆で意を決したのでしょう。そんな感じの中座でした。

やがて座長らしい細面に鬚をたくわえた若者が、舞台の前に進み出て、固い口調でこう挨拶しました。「では私たちの最終幕をお送りします。師であるズデニェク・パラフとハナ・パラフ、そしてお客さまに心からお礼を申し上げます」

座長の顔は蒼白で、声は震えていました。しかしパラフ氏は追い打ちをかけるように、

「とっとと始めろ。そして終われ」

最後の幕では、唐突に現れた騎士が唐突に竜と戦いはじめまして、脈絡のなさにおい

てだけはパラフ劇団を凌いでいました。私は西洋の物語に疎《うと》いのですが、当夜彼らが演じようとしていたのは、『トリスタン物語』のような英雄譚――そのコメディ版だったのだと思います。そこにパラフ氏による強制的なカットが入ったため、歌舞伎の見取りのようになってしまったかたちです。

せめて自信のある幕で公演を閉じようという申合せがあったのでしょう。しかし客観的な結論から述べるなら、これまでになく、ここが最もがたがたでした。とりわけ騎士の動きがひどいもので――今にして思うに、泣きだしてしまった女性が演じていたのかと――深刻な気分で眺めていた私ですら、失笑をこらえきれませんでした。ぎくしゃくとしか動けない騎士が、諦めることなく何度も竜に向かっていくさまは、勇者トリスタンというよりはドン・キホーテでした。可笑《おか》しくも哀しい。同情しながらも、つい噴きだしてしまう。

つまり、面白かったのです。気が付けば私は、初めて操者の立場からではなく人形に感情移入して、舞台にのめり込んでいました。

パラフ氏の云う、若者たちが決定的に欠いていたもの、その夜、氏が彼らに伝授せんとしていたものを、かいま見たような気がしました。すなわち狂気です。

人形こそ自分、舞台こそ生活の場、嘘こそ真《まこと》、夢こそ現《うつつ》――これら、私が見慣れてきた小さな世界での常識は、外の世界から見れば狂気に他なりません。それを洗い流せば、よほど合理的、効率的に事がはこぶはず、たやすく成功が得られるはずと、外界《がいかい》から踏み込んできたばかりの者ほど誤解しがちです。

現実は逆でして、世間が驚いたり喜んだりしてくださるのは、あくまで人形に対して、舞台に対してなのです。人形作家や操者への拍手は、ついでの社交辞令に過ぎません。このことを忘れた作家や操者が、外界のルールを真似《まね》て名刺一枚で世を渡っていこうとしたとて、冷たい嘲笑にさらされるのが落ち。すなわち表現者たちにとって狂気は、生きていくうえでの命綱なのです。

竜に関して語り忘れるところでした。かつてパラフ氏があやつったそれとは比較にならないほど単純な、頭も一つなら火花も吐かず、ましてや飛び立ちもしない竜でしたが、造形は創意に満ちていましたし、動きにはときおり生きた獣のような優雅さが――ええ、大したものだったと評するべきでしょう。わずかなあいだながら、かつてパラフ氏の竜を目の当たりにしたときに近い感覚をおぼえましたよ――こんな竜なら実在しうる、とね。

これが今夜の最後、パラフ氏に向けての最後、きっと劇団としても最後の幕との覚悟が、操者たちの心に狂気の花を咲かせたのでしょう。あの晩、彼らは自分たちの小さな舞台に、無辺のひろがりを見出したはずです。子供たちもいつしか食い入るように舞台を見つめ、マリオネットの動きに応じてあっと口を開いたり、くすくす笑ったりしていました。

幕が閉じ、劇団員が出てきて横一列に並びはじめたとき、パラフ氏がまた私たちの前に来て、

「願わくば拍手を。今の私には拍手ができない」

再び賑やかになった子供たちは、暗い部屋から逃げ出すように去って、我々にはようやくグラスにワインのお代わりをそそぐ余裕が生じ、そしてパラフ氏は――相変わらず介護人の力を借りながらではありましたが――若者たちを庭へと導き出しました。そこにはランプを置いたテーブルが用意され、レストランからの出張者たちが料理やお酒を並べはじめていました。

「おめでとう。卒業だ」と彼は云いました。

涙をうかべ互いに抱き合う若者たちを、清々しい思いで眺めるかたわら、私はズデニエク・パラフという男に空恐ろしさを感じていました。まさしく狂気の境に属する魔の視力で、氏はこの結末を見通していたに違いないのですから。

直接の交流はその晩が最後となりましたが、氏と今生《こんじょう》でお会いできないのを残念に感じたことは、じつのところ一度もありません。彼は今以《もっ》て、その芸に接したあらゆる表現者の心に君臨しているんですから――もちろん、私の心の内にも。

肉体の終焉《しゅうえん》にかぎって申しますと、パラフ氏はその翌々年、リハビリテーションの一環と称して乗った自転車で勝手に坂道をくだりはじめ、カーブでハンドルをきれず崖から転落して——ハナさんのお言葉を借りるならば、颯爽《さっそう》たる即死、をとげられたそうです。しかしこの死に関してすら、いったいどこまで予定どおりで、どこが偶然の結果だったのか——。

それがズデニェク・パラフという人物——いや魔物です。いまこうしてあの晩を思い出していても、いったい誰が本当の操者で、誰が本当の観客で、役割の交代があったとしたらそれはいつのことだったのか——これらを私のごとき凡夫が見切れる日は、きっと訪れますまい。いつか天国なり地獄なり、運良く同じ方角へと歩めたとき、ご本人に尋ねますよ、通訳を探して。

それにしても公演の最中、いったいハナさんはどちらに？

これは、パラフ邸の庭の芳《かぐわ》しい夜気と白ワインに酔った私の頭に、ふとうかんだ疑問でもあります。しつこく申し上げているとおり、パラフ氏によるイリュージョンの全貌など私には講釈しようがないのですから、そのあと目撃したままを手短にお話しして、長話の締め括りといたしましょう。

ちょうど軽い尿意をおぼえていた私は、トイレさがしを兼ねて屋内に戻りました。そして廊下の暗さを幸いに、わざと方向を見失ったつもりで家のなかを歩きまわりました。

やがて奥まったドアから光が洩れているのを見つけましたので、そっと近づいてみたんです。

小部屋のなか、ハナさんが等身大の子供の人形を片づけていました。気配を察して振り返り、初めはびっくりした顔をなさいましたけれど、私以外に人がいないのを見て取ると、微笑して人差指を唇に。

†

「じゃあ、騒がしかった子供たちは、ハナさんが——？」不粋《ぶすい》を覚悟で私が問うと、「さあ——パラフ氏かも。我々には想像もつかない方法で」と彼は微笑まじりに頭を振った。「本当に真相はわかりません。びっくりした勢いでドアを閉じてしまいましたし。しかし開けたままでいたって仕掛の全容はわからなかったでしょう。だって、尋ねようにも私はチェコ語が話せないんです」

# 五　回想ジャンクション

見慣れた通りも白地に薄墨《うすずみ》の抽象画。

硬い足取りにて渡りきたる影は、あたかも映画の郵便配達。

重なるちらつきは上から下へ沈んで、同じ速度で世界は上昇し続ける。

ようやっと顔つき定《さだ》かとなった職人、帽子の鍔《つば》をつまんで上げて、「澪《みお》さん、雪だよ。大雪」

「おはよう。さすがの私でも気付いています」

「なんだってこんなとこに突っ立ってんの。凍死するよ」

「驚いてたのよ。今日はもう開けるのやめちゃおうかと思って外の様子を見にきたら、なんとまっすぐこっちに向かってくる人影。この悪天候にご出勤だなんて」

「人聞きの悪い。天気が悪い日もけっこう来てます」

「電車、よく動いてたわね」

「この程度じゃ止まらないよ、これからは知らないけど。入っていいですか」

「もちろん」

ドアの前を空けて通ってもらい、続いて店のなかへと戻るや、冷たく濡れた帽子が降ってきた。

「わ、わ、わ」受け止めようとして、取り落とす。床から拾い上げながら、「みだりに物を投げないで」

ところがと云うべきか案《あん》の定《じょう》と云うべきか、謝罪の言葉の一つもない。「びっくりした拍子にすっ飛んじゃった。だってこの店、信じられない。エアコンが入ってない」

「入れてるの。あまりの外気温の低さに霜《しも》取り運転に突入しちゃってて。いつまで待っても復旧しないから、今日はもうお休みでいいかなって外の様子を」

「良くないよ」

ショルダーバッグを作業台に置き頭をストラップから抜いて、雪に濡れた上衣《うわぎ》の釦《ボタン》の、喉元を外したところで動作を止め、

「ここがずっと寒いままなら、僕はどこか暖かい場所に移動します、小笠原《おがさわら》諸島か、熱《あた》川《がわ》バナナワニ園か、駅前の喫茶モルディブか、自宅の自室か」

「なんて素敵なマント」

え、という顔でこちらを見つめ返してきた。やがて、「これぞまさしくとんびですよ、このあいだ話題になった」

「そう、それ。でも冨永《とみなが》くんが着ているからかしら、ちっとも和風に見えない。どちらかと云えばシャーロック・ホームズ」

「これはまあ、向こうのですから。英語だとインヴァネス・ケープ。誰かから親父へのスコットランド土産《みやげ》だけど、こんな芝居掛かったもん着られないって見向きもされてないし、澪さんもぴんと来ていないようだったから、借りてきました」

「私のために？」

「そういうことになるね」

「ありがとう」

「どういたしまして。それはさて」とバッグを開け、色鮮やかなチェック柄の巾着《きんちゃく》袋を取り出して、「今日がカスタマイズ納期の縫いぐるみを運んできましたから、慈久院《じきゅういん》のご住職がみえたらお渡しをお願いします。もし店を開けないんだったら、配達するなり、どこかで待ち合わせて引き渡すなり」

「今日中？」

「うん。お孫さんの誕生日に間に合わせる条件で特急料金を上乗せしてますから、雪が降ろうが槍が降ろうが引き延ばすわけにはいかない。引っ切りなく落ちてくる瞼と格闘しながら、辛うじて間に合わせましたよ、如意《にょい》金箍《きんこ》棒《ぼう》をあやつり觔斗《きんと》雲《うん》を駆り、呪文を唱えられると締め上げてくる魔法の輪っか、その名も緊箍《きんこ》児《じ》を頭に嵌められた、花果山《かかざん》の仙石から生まれた暴れん坊――」

と口上も勇ましく、口をほどかれし巾着より現れ出《いで》たるは、

「ひとまねこざる」

「惜しい。そう云われてみたら似てるな」

「持っても？」

「どうぞ」

という冨永くんの許可を得て、黄色い繻子《サテン》で着飾った猿は私の腕へ。

左の耳に銀色の釦を見出《みい》だして、「シュタイフなんだ」

「うん、タグは欠損してるけど間違いなく。ジョコ・チンパンジーというシリーズで、いろんな大きさがあります。これはかなり大きいほう」

「お顔が赤いハートマーク」

「そうも見えますね。京劇のメイキャップと衣装を参考にしてほしいというリクエストで。もし状態のいいジョコだったら躊躇《ちゅうちょ》したと思うけど、元の隈取《くまど》りはすっかり薄れ、硝子《ガラス》の目玉がぎらついているばかりの正体不明の生き物になっちゃってたから、まあいいかなって」

「慈久院さんが入手なさったの？」

「うん、何年か前にネットオークションで落札したとか。いざ手許に届いてみると思っ

てたよりずっと状態が悪くて、とても愛せそうになくてずっと譲り先を探してたんだけど、過日お孫さんと一緒に上海《シャンハイ》京劇院の来日公演を鑑賞していて、天啓を得られたんだそうです」

「私これ、傑作だと思う」

「やっぱり？　でも残念ながら一般的なニーズは望めないと思うな。上海京劇院が公式グッズに採用してくれるならともかく。ときにシムさんは」

「お休み」と、答えた端から自信が薄れて、「だとばっかり思ってたけど」

「そう連絡が？」

「いいえ、まだ」

「じゃあ出勤してくるよ。あの人は無断欠勤なんかしない。いや」と彼は徐《おもむろ》に、師村《しむら》さんの作業場たる六畳間、通称工房へと顔を向け、「もう来てるかも」

「こらもう、怪談みたいな話し方をしない。朝、下りてきたときちゃんと声をかけて確認しましたってば。灯《つ》りは点いてなかったし、どこかでヒーターが動いてるような室温でもなかったし」

「なかも覗いた？」

「もちろん。小春《こはる》さんにびっくりされちゃった」

ははははと彼は笑いながら、かつて自分が手際よく縫った長暖簾《のれん》に近づき、分けて、

「小春さん、おはよう。澪さんが驚かせちゃったって？　ていうか澪さん」

「はい」

「座椅子の上にオレンジ色の寝袋がまるまってたでしょう、きのう僕が持ち込んだ」

「ああ、あれは寝袋だったのね。なにか材料が入っているんだとばかり」

「その中身、シムさん」

「え」

うちは古物商ではないのだが、たまに勘違いをして古い人形を売りにくる人がいる。私たちが小春と呼んでいる市松《いちまつ》人形を持ち込んできた若者も、そういうひとりだったのかもしれない。ちょうど備品の補充に出掛けていた私は、その人物を見ていない。古風なとんび姿だったと聞き、

「鳥のコスプレ？」と尋ねてふたりの職人の失笑を買い、

「和洋折衷《せっちゅう》コートのことですよ。着物でも羽織れる」と師村さんから教わった。

「和装でいらしたんですね」

「いえ、コートは脱がれませんでしたがシャツの袖が覗いていましたし、下もズボンを穿かれていたかと。そういう組合せで着慣れていらっしゃるのか、べつに違和感はありませんでした。じつに容貌魁偉《ようぼうかいい》な青年で」

どういう意味だっけ。また恥をかかぬようオンライン辞書――。

人形は昭和感漂う花柄のアクリル毛布にくるまれ、作業台に寝かされるとお河童頭《かっぱ》を覗かせた。自分にはお手上げの物件と判断した冨永くんは工房に助けを求めた。出てきた師村さん、毛布をはぐるやこう口走った。「――小春さん」

「知ってる人形？」

彼は我へと返ったように、「初めて拝見します」

可愛くないとは云えないが、過剰に写実的というか、少なくとも現代の市場では見掛けることのない表情を湛えた人形だった。びっくりして息を呑んでいるようにも、無理難題をふっかけられて困惑しているようにも見えた。大切に扱われてきた様子ではあるが経年劣化は避けようがなく、肌は褐色がかってしまっていたし、師村さんが状態を確認しているあいだにも帯の端がほぐれ、芯に使われている新聞紙が覗いた。劣化が最も激しいのは手足で、強く握れば粉々になってしまいそうだった。

「手足は作り直すほかないかもしれません。脱がせても？」

持ち主の許可を得て裸にし、帯は分解した。新聞の日付から少なくとも出荷は戦時中だとわかった。胴紙《どうがみ》には暁星《ぎょうせい》とあった。

「職人の署名だよね」

「はい」と冨永くんに頷き返し、それから持ち主に、「どういった職人か、ご存じでしようか」

青年はどこか眠たげな声で、「はて、詳しいことは」

「シムさんは知らないの」

「寡聞《かぶん》にして存じません。古くからの知り合いに尋ねれば、あるいは——。量産品の流通によって可愛い人形とはこういう人形、という合意が形成されるまえの時代のものですから、造形が個性的なのは瑕疵《かし》ではありません。なかなかの腕前の職人です。ただこの人形に限って云えば、急いで作ったような荒っぽさが目立ちます」

「そう云われてみれば、目鼻、口許、良く云えば勢いがあるというか」

「若々しいと申しますか。戦時中の作だとすれば、出征の日でも迫っていたんでしょうか。もちろん新品同様に直せますが、それだけの価値があるかどうかは、持ち主さんの思い入れ次第といったところです」

師村さんは顔を上げ、青年の返事を待った。その唇からやがて発されたのは、思い掛けない質問だった。「この辺りに、大きなお寺はございませんか」

「お寺？　ですか」

いまひとつ土地鑑《とちかん》の薄い師村さんに代わって、冨永くんが、「駅のほうから来られたんなら、そっちに戻るんじゃなくてこの店を通り過ぎるかたちで、十分くらいかな、道形《みちなり》に行かれたら、真言宗の慈久院というのが見えてきますよ」

「ありがとうございます」

一礼し、青年は店を出ていった。入れ違うようにして私が帰ってきた。以後、私はずっと店にいた。にも拘《かかわ》らず青年には会っていない。どういうことか。

戻ってこなかったのだ。二週間経つが、未《いま》だ連絡ひとつ無い。そんなことになろうとは夢にも思わず、私たちはその日、閉店時刻を繰り下げて彼の戻りを待ち続けた。

「冨永くん、このお人形のこと小春さんって呼んでるけど、持ち主さんがそう?」

「ううん、さっきシムさんが一瞬にして名付けたんだよ」

「名付けたわけでは。子供のころ何度かお会いしたことがある女性に、あまりにも似ているものですから、思わず」

「どういう関わりの人?」

冨永くんがずけずけと訊くも、自分の素性を語りたがらない師村さんは、

「親の知人で、詳しいことはなにも」と言葉を濁《にご》した。「表情やお名前が印象ぶかかったものの、何十年もまえの話です。いまご健在かどうかも」

「澪さん、さっきこのとんびのこと、マントって呼んだじゃない」

「からかわないでね。咄嗟《とっさ》に出てこなかっただけだから」

「あれで思い出したんだけど、黒いマントを纏《まと》ったブルドッグ、どこかで見た覚えって

ないかな」

「そうねえ——きっと一生巡り会えないと思うわ、そんなお洒落《しゃれ》なわんちゃんには」

「装甲の繋ぎ目らしい溝や、リベットらしいぽつぽつも造形されてたから、きっと戦闘ロボットって設定だと思うんだけど」

「ひょっとするとそれは、人形のお話ね」

「なんの話だと？」

「冨永くんの目だけに映る別世界のお話だったら、どうやって足並みを揃えてようかなって悩みはじめてたところ」

「見た記憶、無い？　そんな人形」

「無いです。お役に立てず」

「じつはさ——子供の頃に誰かから貰って、遊び倒して剝げ剝げのぼろぼろにしちゃってたそのソフビ人形、このあいだ見付けて新品同様に直してやったんだけど、飾っておいたはずの棚に見当たらないんだよね。まだ直してなかったっけ。直したのは夢？　いずれ手直しするつもりのを溜め込んでる箱をひっくり返してもみたけれど、そこにも見当たらない。ちょっと待った。あれはなんていう番組の、なんてキャラクター？　思い出せない自分に気付いた。物の本を広げてみても、インターネットを検索しても、そんなのどこにも出てこない」

「どういうこと。つまり、まるごと冨永くんの想像だったという話？」

「今のところ、その可能性が高いかなって。可笑《おか》しい？　可笑しいよね」

「あ、ごめんなさい。冨永くんでもそういうことがあるのかって、これまで芽生えたことのないタイプの親しみを覚えています。私はよくあるの。本当は持っていない洋服をさんざん探しまわったあと、あ、欲しかっただけで買わなかったんだわ、とか」

「夢と現実の区分だったら、僕も昔から曖昧ですよ。夢に出てきた古い家のこと目が覚めてからもずっと、いまどうなってるのかなあ、次の休みに久し振りに足を運んでみるかなとか思ってて、お昼くらいになってやっと、僕の頭のなかにしか存在しない場所なんだと気付いたり」

そんな会話を交わしつつ、ささやかな裏庭の一角を占める物置から、祖父の時代の石油ストーヴを引っ張り出した。その傍らで同じく存在を忘れられてきたポリタンクの灯油を注《つ》ぎ、まずは試しに屋外で点火してみると、やがてもうもうと真っ黒な煙を吐きはじめ、ふたりして声をあげて後ずさった。しばらくすると収まった。

もう大丈夫だろうと判断していったん消火し、天板が冷めるのを待っているところに、身拵えした師村さんが出てきて、

「お手伝いを」

「僕ひとりで持てますよ」

「そうですか。ではお茶でもお淹れしています」

「それは私が」

「私はどうしていれば」

「ぼんやりしてれば？　寝起きなんだから。寝袋、役に立ったでしょ」

「ありがとうございます。ヒーターの点けっ放しは苦手なので、大いに助かりました。夜、カーテンを開けて電気を消しますと、街灯が隣家の壁に反射して、屋内を薄ぼんやりと照らしてくれます。寝袋に身を包み、立ち台に縛りつけたいちまさんをそのあかりで眺めていましたら、足先までぽかぽかと暖かく、つい気持ち良くなってしまって、けっきょく朝までぐっすり」

「修復するって決めたの？」

「今は、どちらかと云えばその方向で」

　小春さんを直すべきか直さざるべきかで、ふたりの職人は議論を重ねてきた。実作業は師村さん担当という気楽さも手伝ってか、修復に積極的なのは冨永くんだ。おそらく長身の青年は、どこかで入手した小春さんを売りにきたのだ、というのが彼の見立て。そして買い取ってはもらえないどころか、頷いていたら高額の修復費用を請求されかねない雰囲気に臆し、逃げ出したのではないかと。

　仮にそうだとしても、勝手な修復など許されるものだろうか。ともかくも青年がまた現れるか連絡してくるのを待つべき、という立場を師村さんは貫いてきた。私も基本的には同意だが、もしもこのまま何か月、あるいは何年も音沙汰が無かったら？　私たちはどうすれば良いのだろう。そのあいだにも小春さんの劣化は着々と進行する。

店内の、なるべく通行の邪魔にならない場所を選んで、円筒形のストーヴを置き、再び火を入れた。輻射熱《ふくしゃ》と共に懐かしいような匂いが店内に広がる。冨永くんが椅子を寄せてきて、

「これもう、冬のあいだずっと店に出しとこうよ」

「出しとくのは構いませんけど、使用は緊急時に限ります。子連れのお客さんも多いんだから、火傷《やけど》させちゃったらどうするの」

「ちぇ。ねえシムさん、小春さんのこと、なんで気が変わったの」

師村さんもなんとなくストーヴの近くに立っている。「じつは昨日、持ち主が判明したんです」

「あのとんびの青年？」

「彼も正当な持ち主なのかもしれませんが、私が突き止めたのはそのまえの持ち主です。人形がくるまれていた毛布のラベルに片仮名で『ワライノサト』とマジック書きされているのに気付いたんです。昔はそういう無神経な真似をするクリーニング店が珍しくありませんでした。ワライノサト――気付かれませんか」

「笑いの郷《さと》！　老人ホームだ。駅に広告がある」

「はい。そこで駄目元で電話をし、入居者に古い市松人形の持ち主はいらっしゃらないかと尋ねてみました。こちらに預かっておりますと。調べてみるとのお返事で、その結果を昨晩知らされました。いらっしゃいました。榎本《えのもと》小春さん。私の知っている小春さんです。この店と同じ街にお暮らしだったんですよ。ただし先月亡くなっていました。身寄りがなかったため遺品は施設の皆さんでお分けになり、引き取り手のない品物は廃棄されたそうです。彼女と親しかった職員さんとお話ができました。確かにご自分と瓜二つの古い市松人形を大切にしておいでで、ご自慢になさっていた、もっとも、亡くなったあと誰に引き取られたかは認識していない、とのお話でした。念のためとんびの青年の特徴を伝えてみたんですが、そんなに大柄な職員はいない、出入りの業者にも心当たりはない、と云われました」

「結局――何者だったんだ」

「少々お待ちを」師村さんはいったん工房に引っ込んで、

「そっちも判明したの？」

広げた手帖を片手に出てきた。

「相前後して古くからの知り合いが、戦時中に暁星を名乗った人形師についての情報を伝えてくれました。一般には無名の存在ながら、ご高齢の職人に問えば必ずその名を知っていたそうです。本名、榎本幸三《こうぞう》。義理堅く労を厭《いと》わぬ人柄で周囲からの信頼は厚かったそうですが、許婚《いいなずけ》のあった師匠中山紅葉《なかやまこうよう》の娘と通じてしまい、破門。娘のほうも勘当。幸三はやむなく暁星として独立しました。そしてその直後に出征、南方で亡くなったそうです。もしも生きていたならと夭折《ようせつ》を惜しむ声が大きかったこと、それから当時としては破格の大男だったことが、未だその姿が大勢の記憶にくっきりと刻まれている理由ではないかという話でした。六尺二寸あったといいます。メートル法では約一八八センチ」

冨永くんはちらりとこちらを見たが、小春ちゃんが持ち込まれたとき留守だった私には見解のいだきようがない。彷徨《さまよ》わせた視線が、作業台に坐らされて引き取りを待っている孫悟空の目と出会った。いかにも示唆を与えてくれそうな、カラメル色の眼差し。でも私の修行が足りないのか、耳を澄ませてみてもなにも聞えてこない。

程なくしてエアコンが大きな溜息のような音をたて、暖房運転が始まったものの、焔《ほのお》の熱に甘やかされてしまった身ほどに、それを断ち切るのは難しい。工房に戻っていった師村さんとは対照的に、冨永くんはようやっととんびを脱いで椅子の背に掛けただけで、一向にストーヴから離れようとしない。腕を組み、なにやら考えごとをしている。

とばかり思っていたら、あらあら舟を漕いでる?

椅子から転げ落ちたりしないかしらと心配しながら見詰めていると、ふと顔を上げ、寝惚《ねぼ》けまなこで、「ブルドッグ、渡してきた」

意味するところを私が把握するには、しばしの時を要した。「見付けたのね、夢のなかで」

「うん」

「誰に渡したの」

「小学生の僕」

# 六　ガブ

SHIMURA YUKIO。S、H、I、M、U、R、A、Y、U、K、I、O。
I、U、A、U、I、O。日本語って母音だらけ。
子音はいくつ？　S、H、M、R、Y、そしてK。
十二分の六が子音。重なりは無い。Nも無い。
残りは母音。つまり六つの仮名が対応するはず。六音の名前だ。
綴《つづ》りの解体。眠りが深まるごと、綴りが解体して踊る。
私はまたローマ字の夢をみる。

†

私が高校を出る頃まで、祖母は生きていた。みいちゃん、みいちゃん、とよく可愛がってくれた。私も彼女を慕っていたが、一緒に文楽を観にいくのだけは厳《げん》として断り続けた。亡くなったあと、一度くらいは折れておけばよかったと悔やんだ。

中学時代、初めて国立劇場に連れていかれたときの失態が、ちょっとしたトラウマになっていた。『伽羅先代萩《めいぼくせんだいはぎ》』の見せ場「御殿の段」で、私は居眠りをしたのだ。義太夫《ぎだゆう》の文句をいちいち聴き取れはしないものの、退屈だったわけではない。昔からわからないなりに何々節が心地いいほうで、店のFMもつまらないヒットチャート番組を「邦楽の時間」に変えては冨永《とみなが》くんに迷惑がられているほどだ。

時間を停滞させる義太夫の抑揚、水のしたたりにも似た三味《しゃみ》の音、宙を滑り踊る人形のさまが、ゴムボールなみにシンプルな若い脳みそに催眠効果をおよぼしたのである。あまりの情報量を処理しきれず、肉体がひとりでに現実から距離をおいた。

祖母はからかい半分、人前で私を「先代萩で眠った子」と呼ぶようになった。先代萩の物語は聞かされているから、義理も人情もわからぬ子と云われているようで厭《いや》だった。次に居眠りしたらどんな子と呼ばれるかと思い、同伴するのが怖かった。

そんな次第で、人形屋でありながら人形浄瑠璃《じょうるり》全般に苦手意識がある。ただ人形だけを見ても、かしらの隙のない造形、それらが巧みに変化する仕掛の洗練、衣装、どこをとっても素晴しい芸術だと思う。畏敬の念は深いのだが、それらが三人遣いであやつられるさまをテレビで見ると、なんとなくつらくなって視線を逸らせてしまう。

私は、祖母に謝りたいのかもしれない。

古い後悔を私の脳裡によみがえらせたのは、冨永くんと師村《しむら》さん——店のふたりの職人たちの話だ。

「ああもう、人形ってなんなの」リカちゃん人形の小さなドレスを左手に、右手は縫い針を動かしながら冨永くんが呟く。

「物凄い悩み」私は息を吹いた。「どうしたの、スランプ?」

彼はきょとんとなって、「澪《みお》さんの口癖を真似たんだけど」

「私がそんなこと?」

「ことあるごとに。もう三百回は聞きましたよ」

「まさか」

人形とは?

常から頭を離れない疑問ではある。しかし従業員の前で、そうそう口にだしているという意識はなかった。経営者がそんなでは彼らを不安にさせてしまう。本当に独り言ちているのだろうか。だんだん自信が無くなってきた。

「——云ってる?」

「三百回は大袈裟かな。二百七十回くらい」

「二・七回くらいでしょ」

「コンマ以下はどう解釈すれば」

「『ああもう、人形』でやめたとか」

「それは一回とカウントしたい。それにしてもなんで恥ずかしがるのかな。澪さんもそういうことで悩むんだって、僕はけっこう嬉しかったんですけど」

「悩むのかって正面から問われたら、うん、悩む。冨永くんや師村さんと違って私は修業も勉強もせず、なんの土台もないままこの世界に入ったんだから。今が思春期なの」

「なるほど。若きウェルテルよろしく、人形とは、と苦悶する日々」

「莫迦にするがよい。だってわかんないんだもん。人形って辞書で引くじゃない。すると、人の形を模して作った物、かたしろ——でも冨永くんのテディベア、子供客の前で私は無意識に『この熊のお人形』なんて云ってる。このあいだシュタイフのリアルな白熊の縫いぐるみを見たのね、これを私は人形とは呼ばない、と思った。布で出来た模型だ、と。無意識に線引きしているの。でもその基準がなんなのか、自分でもよくわからない」

「テディベアは特殊なカテゴリーだから、そこを起点に考えるとますます訳がわからなくなりますよ。四つ肢型でも歴史的背景に鑑《かんが》みてこれとこれはテディベア、なんて人もいれば、シュタイフ型やメリーソート型でもパンダだからこれはベアと認めない、って人もいる。人形か否かって話でいえば、まずしっかりと擬人化されてるかどうかでしょう。鳥で考えるとわかりやすいかも。カーヴィングの小鳥やデコイを人形と呼ぶ人はいないでしょう。でもビッグバードやウッドストックだったら、たとえ渋い木彫でも人形と認識できる」

「ウッドストックって、コンサートしか思い出さないんだけど」

「行ったの？　ジミヘン観た？」

「生まれてないのに行けるか。ビッグバードはわかる。『セサミストリート』よね？　クッキー食べてる」

「それはクッキーモンスター。わざと惚《ぼ》けてる？　ウッドストックは『ピーナッツ』だよ。スヌーピーの親友」

「ああ、逆さまの小鳥」

「人形の定義といったら、僕はむしろ彫刻やロボットとの境《さかい》で混乱しちゃう。現代作家のを集めた人形展なんて観にいくと、金属製の、どう見ても彫刻でしょうって作品が置いてあったりする。僕の目には、上野公園の西郷《さいごう》さんや早稲田大学の大隈《おおくま》さんの仲間にしか見えません。彼らは人形ですか？　あるいは——そう、劇場アニメーションで、人形たちが襲いかかってくるって触れ込みのを観にいったことがあります。たしかに市松人形が成長したみたいなのが、次々と主人公たちに襲いかかる。でもがんってやられると、中にはメカがぎっしりと詰まってるんです。なんだロボットじゃんと思うや観続ける気がしなくなって、途中で出てきてしまった。『チャイルド・プレイ』のチャッキーには、明け方まで寝つけないほど興奮したのに」

「その宣伝文句に惹かれたんだとしたら、なるほど種を見切ったような気がしただろうけど、でも自動人形ってあるでしょう？」

「別物だよ」

「でも動くし、内側に仕掛もある」

「――正直に云えば、そこが悩ましいところなんだな。西洋のオートマタはまだしも人形を組み入れた大仕掛として理解できるんだけど、茶運び人形は誰が見てもそれ自体が人形です。云えるのは、人形ってきっと、彫刻やロボットや縫いぐるみみたいに実務的じゃない、物質性とは一線を画した、抽象度の高い概念なんですよ。じゃなかったら鉄腕アトムやマジンガーZの人形なんて成立しえないでしょう――人型ロボットの人形――人間の形をした物の形をした愛玩物だなんて。アトム人形は、鉄腕アトムが人間ではないという事実を忘れ去ったところに成立している。あの中身が空っぽでも誰もがっかりしないのは、それが、しょせん身近には置きえない存在の、かたしろに過ぎないって本能的にわかっているからです」

「身代わりってこと？」

「たぶんね。だから人形という確固たる物体でありながら、まるで手が届かないようで、見てると切なくなる。その向こうにあるものを、みな思い出そうとする。心の底の原風景のようなもの。ゆえにそれが勝手に動きだすホラーは怖い。自分の無意識が顕在化《けんざい》したかのような、自分で自分を制御できない——ひらたく云えば自分が狂ってしまったような感覚におちいるからです」

思わず手を打ち鳴らした。「冨永くん、凄い。ぜひ玉阪《たまさか》大学で人形学講座を」

「澪さんの褒め言葉はいつも棘《とげ》がある」

「あの、彫刻との境界について——」と師村さんが口をはさんできた。黙って坐ってお茶を飲んでいただけで、しばらくまえから工房から出てきて私たちの視界にいたのだ。もの静かなので、話に夢中になっていると、いることを忘れかけてしまう。「私も気にかかっていたものだから、昔、仲のいい人形作家に問いかけたことがあります。すると彼は明晰に答えましたね。彫刻家は耳を量感で捉える。ゆえに彫刻に耳の穴は無い。自分は耳を生身に似せる。そのために耳の穴まで作る——作らずには気が済まない、だから自分の作品は間違いなく人形である、と。もちろん作風に拠るわけですが、その作家はそう」

「面白い」と冨永くんは珍しく素直に感心した。「耳の穴か。考えつかなかった。その作家は誰ですか」

師村さんはやや躊躇したのち、作家の名前を云った。私と冨永くんは吸い込んだ息をしばらく吐けなかった。人形に携わっているならきっと欧米人でも知っているであろう、生きた伝説のような作家だった。師村さん、あなたほんとに何者？

私たちの反応が劇的だったからか、師村さんはあわてて、「いや仲がいいといっても、もうずいぶんと会っていませんし、私のことなんて忘れてしまっているかも。きっと忘れています」

「なんか僕、物凄く感動してしまった。シムさんづてに今、彼の言葉を聞いたのか。そうか、耳の穴」

師村さんは恐縮しきった顔つきで、「そう大きく取られてしまうとなんとも——冨永さんだって見事に人形の本質を捉えていらっしゃると、感心しながらうかがっていました。西洋と東洋では、すこし人形の概念が違うかもしれません。たとえば文楽の人形ですね、あれはかしらと手足と肩板だけで、着物で隠れる部分にはなにも無い。女役に至っては足さえ無くて、足遣いが裾を動かしているだけです。冨永さんがご覧になったアニメ映画とは対極に、空っぽもいいところだ。そのうえ主遣いは今は黒子ではなく、顔を出してあやつります。つまり最初から種も見せている。人形浄瑠璃で我々が現実に観ているのは、三人がかりで一つの木偶をあやつっているかのような、ふりなんです。彼らの中心には空気しか無い。しかし観客はそこに自在に動く人形の質感を見、さらには血の通った人間の姿を錯覚する。息づかいを感じる。アトム人形は空っぽだというお話で、私が思い出したのはそんなことです」

†

「こんばんは。ひょっとしてパズルが解明できたかい」

「ちょっと——もう。意地悪せずに答を教えてください」

「単純なアナグラムだよ。なんだったら本人に訊いてみるといい」

「それが目的なんでしょう、私に確認させるのが。本当は記憶に自信が無いのね」

「無い。まだ子供だった俺は、特殊な状況に舞い上がっていた。しかしこのまえ会ったときの直感が正しかったことはアナグラムが証明してくれた。だから別段、あんたに確認してもらうまでもない」

「それなら、なんだってまた電話してくるんですか」

「誤解するな。前回とは別件。改めて彼の、その後の足どりを追いかけてみた。コレクターにも問い合わせた。逆に向こうの欲しい情報を、自分が握っていることに気付いた。そちらで師村さんと呼ばれてる男の所在だ。長いあいだ音信不通だったのが、去年不意に勝手な事情で電話してきたが、住所も職場も教えない、根ほり葉ほり尋ねたお礼に、居場所、教えたよ。遠からずそちらに顔を出すとか」

「なんのコレクターですか」

「軽井沢のコレクターだよ」

「だからなんの。人形？」

「——あんた、人形の仕事やってて軽井沢のコレクターを知らないのか。驚いたな」

「すみませんね。強引に祖父の店を譲られただけで、基本的に素人なんです」

「じゃあいい機会かもしれないな。もし師村さんに事前に伝える気があれば、こう云っとくといい」

「云わないで。聞きませんよ。束前《つかまえ》さんにあやつられるなんて御免です」

「だから伝えるかどうかはあんたの自由だ。ガブが待っている」

「ガブってそのコレクターのこと？」

「違うよ。ガブが待っている。それだけでいい。それだけで師村さんには通じる」


数日前の電話だった。

ガブ。なんだったろうと考えては忘れ、うかびかけてはまた忘れ。

師村さんが人形浄瑠璃を話題にだしたとき、私はそれを思い出し、同時に古い悔恨がよみがえったのである。祖母に誘われて断った演目の一つに、『日高川入相花王《ひだかがわいりあいざくら》』があった。大学生の私はテレビの画面に偶然その一段を見つけ、これは祖母が一緒に行きたがった人形芝居だと察した。思わず最後まで観続けたが、物語を深く理解していたとは云いがたい。

今更のように買ったまま放ってあった人形浄瑠璃の入門書をひもといてみれば、道成《どうじょう》寺《じ》伝説、いわゆる安珍清姫《あんちんきよひめ》のヴァリエーションである。山伏安珍の正体はときの天皇の弟、桜木《さくらぎ》親王。病弱な朱雀《すざく》天皇が皇位をゆずらんとしたことから、左大臣藤原忠文《ふじわらのただふみ》の一派に命をねらわれている。熊野の真那古庄司《まなごのしょうじ》のもとに身を寄せた親王は、恋人小田巻《おだまき》姫と再会、ふたりは手に手をとって道成寺へと赴く。

庄司の一人娘、清姫がそれを追う。悲しいかな、安珍を親王とも知らず真剣に恋慕して、今は嫉妬に逆上している。そして日高川。渡し場の船頭は親王から清姫を舟に乗せぬよう命じられている。彼女の懇願をつめたく拒絶する。狂おしい思いが極限に達したとき、清姫は大蛇に変化《へんげ》する。大蛇は日高川を渡る——。

狂気の表現に、特殊なかしらが使われる。主遣いが小猿《こざる》と呼ばれる糸を指で引くと、口許が上下に開いて耳まで裂けたようになり、内にはぞろりと金色の歯が覗く。眼は返り目といって瞼ごと裏返りこれも金色に輝き、髪のなかからは角が出る。たとえわかっていても観客はぎょっとする。そうそう、祖母はよく人の怒りを表現するのに「ガブみたいな形相で」と云った。がぶっと口が開くからガブ、と本にはある。鯨のひげのばねを使った仕掛だそうだ。眉、眼球、口、頭全体の頷き、ときには鼻まで動いたりと、浄瑠璃人形の仕掛は多彩だ。

「ガブが待っている」と東前さんは云った。それで通じると。どういう意味の符丁だろう。師村さんほどの腕前ならば国立文楽劇場に籍をおいていても不思議はないが、なにとはなし、そういった人形の王道――権威にみちた世界とは、一線を画して生きてきた人物という気がしていた。日本人形について本格的に学び、長く修業を積んだ人だというのは、仕事ぶりから見て間違いない。しかしそのほかの、西洋人形や創作人形、民芸品、レジンキャストのフィギュアに対してさえ態度がプレーンで、冨永くんのレクチュアをメモにとっていたりもする。自分はどこに身をおいていた人間といった意識がすこしでもあるなら、とれる態度ではない。

本当は文楽の世界の人だったのだろうか。そう思いはじめるや、たぶん初めて彼が浄瑠璃人形の仕組みを口にしたことが、なんらかのサインのように感じられてきた。束前さんの口ぶりからして権勢ありげな軽井沢のコレクターは、なんの目的があって人形堂に顔を出すというのだろう。ただ旧交をあたためるためとは考えにくい。師村さんを、元の世界へと引き戻しにやって来るのではないだろうか。

不安になった私は、その深夜、ついに自分から束前さんに電話をかけた。といっても自宅の番号など知らない。留守番電話に声を入れておくつもりで彼の会社キャプチュアにかけたら、本人が出てきた。

「遅くまで会社にいらっしゃるんですね」と云うと、

「ここが住居なんだよ。二階の資材置き場、兼住居」と教えられた。「お宅も上、住居なんだろ？　似たようなもん。もっともこっちはプレファブだから、この時期は暑くてたまんないや。で、なに。アナグラム解けた？」

「解けません。本気で解こうともしてません。師村さんのこと――彼の過去、束前さんはご存知なのね？　教えてもらいたくて」

「コレクターに訊けば」

「そんな見ず知らずの人の話が信用できますか。その場に師村さんがいれば率直には話してくれないでしょうし。できたら事前に束前さんから――なんでしたら一緒にお食事でも」

「情報が得たいの？　それとも俺に会いたいの」笑いながら問われた。

「あの」深刻な心境でいた私は、なんだかかっとなってしまい、強い口調で、「情報にはコストが必要かと思っただけです。現金のほうがよろしければ明日にでも振り込みますが」

「きんきん怒るなよ。だから生きた女は厭《いや》だ」

「変態」

「光栄だね。じゃあどっちかにしよう。選択肢の一。今、俺の知っていることを手短に話す。そっちはあした俺の口座に金を振り込む」

「いかほど必要ですか」

「俺と俺の会社の都合で金額を決めたりなんかしたら、お宅、破産するよ。自分と自分の店にとってどの程度の価値がある情報だったか、聞いてからでいいからそっちで判断してくれ。ちなみにコレクターは伏せたいであろう情報も含んでいる」

「もう一つの選択肢は」

「あんたの提案どおりだよ。飯をおごってくれ。その場で喋る。ただし条件がある。俺は今、とても忙しい。本来なら電話にすら出ないようなタイミングだ。この電話は留守番録音のチェックをしている最中にかかってきたんで、たまたま通話に切り替えた。よって生身の女とちんたら飯を食ってる暇なんか無いんだ。だからこの選択肢は、さっきまで存在しなかった」

「――今は？」

「腹が減ってる自分に気付いた。普段なら安ワインでもがぶ飲みして済ませるところだが、腹を膨らませ風呂を浴びてゆったりと眠りにつくのも悪くないという気がしてきた。この場合のそちらのコストは食事代だけだ」

「ちょっと。え、今から？　もう十二時ですよ。開いてる店なんか――」

「デニーズ、すかいらーく、ジョナサン、ロイヤルホスト、いくらでも開いてるよ。ただしこっちの近所にしてくれ」

私は後者の提案をのんだ。どう考えても気が楽だった。

「さきに師村さんの本当の名前を教えとく。家を出るまえにネットで検索してみるといい。そのほうが話しやすい。あ、そうだ、云い忘れてたけどアナグラムを解いた結果は、彼の本名そのままじゃない。一部が音読みになってる」

「それをさらに訓読みに変換したのが本名？　そんなややこしいクイズ、解けるわけないじゃないですか」

「あんたに解けると保証した覚えはないが。こう考えると自然な流れとして理解できる。あんたの下の名前は澪さんだっけ。その字、音読みは？」

「レイと読めます」

「で、間違って読まれたりが重なって、レイが通称になってたとする。そのアナグラムを仮の名として使う。自然だろ？　師村さんの本名は芳村郁《よしむらたかし》。草かんむりの芳村、馥郁《ふくいく》の郁。シムラユキオはヨシムライクのアナグラムだ、ローマ字でな」

　机上のメモパッドに書きとめる。馥郁という字が思いうかばない。あとから調べればいいか。ローマ字にしてみる。ＹＯＳＨＩＭＵＲＡ　ＩＫＵ。ＳＨＩＭＵＲＡ　ＹＵＫＩＯとその下に書く。同じ文字同士を線でつなぐ。過不足はない。

　しょせん束前さんにあやつられているようで悔しかったが、家を出るまえにパソコンを立ち上げた。まずは辞書。ふくいく――馥郁。あ、簡単な字だった。検索エンジンに

「芳村郁」と打ち込む。「検索」ボタンをクリックするとき横隔膜のあたりが震え、手許がくるいかけた。ついに師村さんの正体がわかる。私は興奮していた。怖くもあった。

三十件ほどの検出結果のうち、芳村郁がひと繋がりの姓名として載っている頁は、十程度。人形がテーマのブログが中心だった。間違いなさそうだ。抜粋部分を見ていくと、あの人は今——とその所在を問いかけている文章が目立つ。

さいわい一人が、古い専門誌にあった当時のプロフィールを抜粋してくれていた。

芳村郁（よしむら・たかし）一九＊＊年、文楽座付き人形師、選定保存技術保持者でもある芳村申之助《さるのすけ》の長男として、大阪に生まれる。幼い頃より人形づくりの英才教育を受け、高校卒業と同時に父親に弟子入り。二十代にして申之助に迫るほどの技量を誇る。ロック文楽の登場などにより、改めて脚光を浴びつつある現代文楽の、立役者のひとりとして注目される存在。

キャプチュアは川崎にあった。終電車にはどう急いでも間に合わない。行ける駅まで電車で行ってからタクシーに乗り継ごうかとも考えたが、直線距離に直して近くなるとも限らない。潔《いさぎよ》くタクシーを呼んだ。

指定のレストランにすでに東前さんはいて、硝子《ガラス》の器に入ったサラダを食べていた。

むかいに腰をおろした。

彼は開口一番、「これも云い忘れてた。コレクターに説教されたよ。ガブってのは文楽特有の表現だとか。まあ俺たちのあいだではガブでいいだろう。文楽と人形浄瑠璃の違いは知ってるよな」

「よく混用されますけど、文楽というのはあくまで人形浄瑠璃の一派ですよね」

「いかにも。師村さんを待っているかしらは、文楽のものではない。阿波《あわ》人形浄瑠璃の、同じ仕掛の一役がしらだよ。『日高川』に使われていた」

思わず目をとじ、息を吸いあげた。まるで自分まで清姫に追われているように感じていた。

「大丈夫かい」私の反応が突飛に見えたのか、束前さんらしからぬ気遣いをたまわる。

「個人的なことを思い出していただけです、平気です。——お料理はそれだけ？　ワインでも」

「セットを頼んだらこれだけさきに来た。ワインもいいの？」と彼は素直に喜び、珈琲サーヴァを手に歩きまわっている店員を摑まえて、チリワインのフルボトルを頼んだ。

グラスを問われて二つと答えていた。付き合う気はないが、一つと頼むのも怪訝《けげん》だろうから黙っていた。ボトルが来て束前さんから勧められると、ついグラスを摑んだ。私は子供の頃から気が弱いのだ。

「さきに自分の話をしていいかな」

とっさに口中のワインを飲みくだし、「なんのために」

「どうして俺が、世の中から忘れられた男を憶えていたかって話だよ。小学生の頃から人形を作っていた、漫画の主人公やなんかのね。彼らを立体化したかった。初めは紙粘土で、そのうち父親の仕事柄、身近だったウレタン樹脂を使うことを思いついた。蠟の鋳型をこさえて流し込む。真空ポンプなんて無いから微妙な流し込みはできない。パーツを細かく分け、接着後にナイフや彫刻刀で仕上げることで対応した。量産じゃないからどんな面倒でもできた。彩色にも凝れた。中学に入る頃にはメイカーの量産品よりは、だいぶ細やかな物を作れるようになっていた。家族の騒ぐこと。作品をあちこちに見せてまわって、俺は小さな町のちょっとした有名人になった。テレビ局が来た。天才人形少年を中心に据えた番組がくまれた。日常を取材され、スタジオにも呼ばれた。スタジオのゲストの一人が、芳村郁だった。分野は違えど若き天才——その先輩格といった扱いだった。芳村郁の経歴は、きっともう調べたんだろ?」

私は頷いた。悔しいが、完全に操作されている。

「スタジオの異様な雰囲気のなか、自分がなにを喋ったかも彼がなにを語ったかも憶えていない。ただスポットライトに照らされたその横顔だけは、未熟ななり、人形師の目で観察していたらしい。とはいえおたくで会っても、最初はわからなかった。なにしろ時間が経ってる。場所が人形屋じゃなかったら、未《いま》だに彼とは思い及ばなかったかもしれない」

「あの——束前さんは、その頃からずっと人形一筋で？」問いたいことが多すぎて、なにから口にだせばいいのかわからなかった。訊いてしまったあとで、ずいぶん優先順位の低い質問をしてしまったと思った。

「いや、高校でやめた。いくらディテールが上出来でも、しょせん既製品のパロディ。周囲が騒いでくれたのは俺が子供だったからだ。そうと気付くや、率直な称賛と信じて疑わなかった周囲の言葉が、憐憫《れんびん》の裏返しのように聞えはじめた。ちゃんと勉強して本物の何かを創らないと、一生笑われ者だと思ったね。で、美術大学の彫刻科に入った。もちろんそんなとこ出たからってなにが創れるようになるわけでもない。卒業しちまったものの目標が見つからずぶらぶらしていたとき、芳村中之助の訃報を知った。その息子との共演を思い出し、連絡をとりたくなった。示唆を与えてくれるような気がしたんだ。局のプロデューサーに電話してみると、俺のことも彼のことも憶えていた。相談を面白がって、ふたりのその後を追う番組を企画してもいいと請け合い、彼の所在を探してくれた。結果——行方不明。親から譲られた家も売られていた」

束前さんの注文した厚切りのステーキがじゅうじゅうと音をたてながら運ばれてきて、会話は中断させられた。固そうな肉を力ずくで裂き、ソースに浸して口にはこぶ。繊維を噛み切る音が聞えてきそうだった。

「ご家族は」

「妻子くらいあったろうが、その居所もわからなかった。仕事の側から足跡を追ってみると、初代布袋久《ほていひさ》の修復が、確認できた最後だった。布袋久、わかる?」

「いいえ」

「阿波の人形師の代表格だ。明治から大正、昭和の初めまで作り続けて、阿波の人形を難波《なにわ》の文楽人形とは別物にまで育てあげた。鋭く、荒々しい。文楽人形があやつられて初めて生命をおびるとしたら、布袋久の人形は最初から生きている。舞台映えするよう大型化がはかられてもいるんで遣い手には苦労を強いるが、人形単体で見たら古今東西のあやつり人形の頂点といっていいだろう。その未発見だったかしらが、民家からいくつも出てきた。保存状態は今一つながらすこぶる出来が良く、いずれ国宝とさえ云っていいレベルだった。ガブもあった。仕掛を知らなければ、溜息がもれるほど嫋《たお》やかで美しい。一方小猿を引いて変化《へんげ》させた形相たるや、おとなでも背筋が凍り言葉をうしなう、それは凄まじいガブだったという」

想像して、思わず大きく息を吸った。

「人形浄瑠璃の起源は淡路島《あわじ》にあるが、残念ながら淡路ではほとんど途絶えている。古式ゆかしい人形芝居を最も伝えているのは阿波の農村舞台だ。神社の境内から見物するんだ。神事だったんだよ。浄瑠璃という言葉は、音のほう、すなわち義太夫節を指す。文楽ではこちらが主となる。しかし徳島県のいわゆる淡路芸の、主役はあくまで人形だ。その代表格たる布袋久の修復が、芳村郁にとって身震いするほどの大仕事だったこと、想像にかたくない。出てきたかしらの組合せは、それらが『日高川』に使われていたことを示していた。――このさきはコレクターからの情報だ。彼女の何者たるかは、まあ会ってみて実感するほかない。全貌は俺も知らない」

「彼女？　女性？」

「云わなかったか。女だよ。本業は誰も知らない――少なくとも人形の世界の者は。産廃を手広く引き受けているという噂も海運をやっているという噂もあるが、俺たちにとってはコレクター、あるいはフィクサーでしかない。人形と見れば手に入れずにいられない、地上で最も貪欲《どんよく》なコレクター。数十億は遣ってきたと聞く。文化の私物化だと批判する向きもあるが、俺たち生きていて飯を食わなきゃならない人形屋にはありがたい。コレクターは人形に上下の別をもうけない。うちの製品も買ってくれてるよ。ただ買うだけじゃなく適切な助言も与えてくれる。一緒にベッドに入り、弄《もてあそ》んでからじゃないと気が付かないような指摘だ。じつにありがたい」

「女性なんでしょう？」

「うちのユーザーに女性は少なくないよ。お人形屋さんの得意先はいつの時代だって女の子だ」

説得力があるような、無いような。

「発見された布袋久に話を戻そう。ここに川瀬《かわせ》という男が絡んでくる。関西が根城の金融業者で、絵画や人形のコレクターだが、同時にそれが商売でもあるって点で、軽井沢とはだいぶ毛色が違う。マスコミとのパイプが太く、買い占めておいてその種の物の人気を煽《あお》るといったことを頻繁にやるんで、俺たちの心証は良くない。苗字をもじって川獺《かわうそ》と呼ばれている。ニュースを聞いて、本当の価値が世間に知れないうちにと飛んでったんだろう、発見された布袋久はいつしか野郎の手に渡っていた。芳村郁に修復を依頼したのは、その川獺だ。表向きは修復のみだったが、じつはそれ以上の大仕事を芳村さんは引き受けていた。主立った五つのかしらの――」

「レプリカの製作？」

私が先んじて口に出すと、束前さんは驚きを露わにした。表情から翳《かげ》りが失せて、ほとんど子供っぽく見えたくらいだった。「知ってたのか」

「いえ――ただの直感。もし私が資産家で、師村さんほどの人に仕事を頼める立場だったら、いっそそのくらいやってもらうかと。レプリカなら気軽な展示やイヴェントにも貸し出せますし、なにより、その技術が現代にも継承されていると知らしめられる」

束前さんは黙って頷いていたが、やがて鉄皿のステーキに視線を落として、「さきに最後まで食べちまうよ」

「どうぞ」

「ワイン飲んでて。手酌で」

「そうします」

この人に礼儀正しく接するのは砂漠に水をまくようなものだと感じていたので、私は手許のワインをさっさと飲み干し、ボトルから今度はなみなみと注いだ。東前さんは食べるのが早くて、そのグラスが半分にもならないうちに肉も付合せもサラダもパンも平らげてしまい、ウェイトレスを呼んで食器をさげさせた。

食後の珈琲をお持ちしましょうかと訊かれ、いやワインのあとでと断り、私にむかって、「なんか、つまみ食う? ワインに合うチーズでも。このくらいは割り勘でもいい」

一瞬、心惹かれたが、頭を横に振った。「この時間に食べると太るから」

「気取ったこと云うなよ。気持ちわるい」

「ええ、ええ、私は血も通っていれば体臭もある、口答えもする気持ちのわるい生物です。おたくの麗美《れいみ》ちゃんみたいに可憐じゃなくてすみませんでした」変に大きな声をだしてしまった。ナイフとフォークの使い方や食後の食器の綺麗さに、人形に関して以外でも案外上等な人物かもしれないと思いかけていた。それだけに憎まれ口に過剰反応した。

健啖な男性を、実際の三割増しに評価してしまう傾向が私にはある。はっきり云えば弱い。代理店に入りたてのころ交際していた相手など、まさに食べている姿にくらりときた。そして今となっては、食欲旺盛でかつ箸使いが器用だったこと以外、彼になにか取柄はあっただろうかと考えて、一つも思いつかないのである。

「怒るな、怒るな」と束前さんは両手を上げた。「チーズって云ったとき目が輝いたからさ、頼みやすくしたつもりだった」

怒れなくなってしまった。

彼はほっとした顔でグラスを手にし、「あんたには人を使う才覚があるようだ、詰めが甘いのが気になるが」

「詰めが甘いのはいやいや認めますが、才覚はきっぱりと否定します。そっちに自信が無いのには自信があります」

「どんな自信だよ。厳密には、職人の道標《みちしるべ》となる才覚だ。人形屋は譲られたものだと云ったろう」

「入り婿の祖父からですけど」

「血は争えないな」彼も手酌で自分のグラスにワインを足した。「残念ながら川瀬がレプリカを発注した動機は、慈善としての貸出しでも、職人の腕を世に誇示するためでもなかった。奴が目論《もくろ》んだのは、一言で云えばすり替え詐欺だ。人形浄瑠璃の本場として国際的にアピールする好機と、地元有力者や出身議員にはたらきかけ、フランス文化相の来日に合わせての公演を企画した。遣い手も文楽座から人間国宝を招いたというんだから、只事じゃない。布袋久の名は世界に轟《とどろ》いた。ところでさっき云ったとおり、文楽人形と阿波の人形じゃ大きさからして違う。練習が必要だ。川瀬は気前よく修復されたばかりの本物を貸し出して、公演に備えさせた」

「本当に本物？　レプリカじゃなくて？」

「正真正銘の本物だ。探偵小説の筋じゃないんだから、今は事実のみを順に語っている。犯人だってばらしてるだろ？　さて公演、演目はもちろん『日高川』、芳村さんも胸が高鳴ったことだろう。舞台は調子よく進み――ところが山場、渡し場の段でそれは起きた。清姫の顔が変わらなかったんだ、本番に限って」

「ガブが――」

「コレクターによれば正確にはガブじゃないがね、どうしたことかあの仕掛が動かず、清姫は美しい顔のままに公演は終わった。とはいえ人形も遣い手も超一流だ、見応えを欠く公演だったはずはない。人形浄瑠璃を見慣れた観客だって、このたびはこういう演出なのかと納得しただろう。その後、文化相を歓迎する宴が催された。文化相は、人形を修復した職人すなわち芳村さんを傍に呼び、こう尋ねた、『清姫の顔が変わらなかったが、昔の芝居ではそうだったのか』と」

「ずいぶん日本通ですね」

「そう。あるいはそれが、芳村さんが真に不幸だった点かもしれない。芳村さんは通訳をつうじて答えた、『あれは布袋久ではなく、私が作ったレプリカです』」

「本物を貸したって云ったじゃないですか」

「そう、貸し出したのは本物。そこが川瀬の巧妙なところだ。貸し出しておきながら、それらが本物ともレプリカとも明言せず、ただレプリカを作成した話だけ伝えていた。遣い手たちは、まさか本物が簡単に貸し出されるとは思わず、本物をレプリカだと思って練習していた。阿波に行って別のかしらを手にしたら、今度はそれが本物だと思うだろう? レプリカは川瀬からのリクエストで、観客からは見えない部分の古色まで再現してあったと聞く」

「客席の師村さんは、いったいどういう気持ちでその舞台を――」

「その心中はいかに察しても余りあるが、おとなしく観ていたのは間違いない。突飛なことを云うようだが、俺はね、あんがい彼は、自分でも騙されてたんじゃないかと思うんだ――あの腕前を思えば。職人というのは自分の作品に冷淡なもんだよ。より完成度を高めるため、欠点ばかりを探してしまう。専門誌に好みのラヴドールを見つけ、よく見てみたらうちのだった、なんてことは俺にだってある。腕のいいカメラマンは、俺自身が忘れていたあの子らの魅力を引き出してくれる。ましてや芳村さんほどの職人だったら、舞台上で名人にあやつられている最高の人形を観て、自分の作品だ、と咄嗟には感じないんじゃないかな。もちろん疑念は何度も去来しただろう。清姫の顔が変わらないのを見て取ったとき、それが確信へと変わった」

「どっちにしろ、全部がその――川瀬の責任ですよね。師村さんはどこも悪くない」

「ガブに不備があったことを除けばね。これほどのアイロニーも無い。もし清姫の顔が変われば、レプリカによる公演だと気付いても、芳村さんは黙っていられたかもしれない。芳村さん作の布袋久は、フランス文化相お墨付きの本物として、海外に売り払われていたことだろう。芳村さんの腕前だし、本物のほうだって同じ人間によって最新の修復がほどこされてるんだ。まっぷたつに切断でもしないかぎりレプリカとは知れようがない。しかし文化相は芳村さんの証言を重く見た。帰国後、自分が観た人形はなんだったのかと主催者たちに問い合わせてきた。この種の噂がひろまるのは早い。それに川瀬の取引相手がまともな連中だったとも思えない。きっと脅されたんだろう。奴は慌てて、公演で使わなかったほう――つまり本物のかしらを、各国の仲買人たちに売り渡してしまった」

「国宝級の人形を」

「川瀬の持ち物には違いないからな、道義的にはどうかと思うが、罪には問えない。レプリカによる公演だったことを糾弾されても、川瀬はこう平然と云い逃れた、『たしかに布袋久の本物は出てきたが、公演もそれでおこなうと喧伝した覚えはない』」

私はグラスをテーブルに置いた。か、と我ながら鋭い音がした。「なにもかも滅茶苦茶じゃないですか」

「ああ、滅茶苦茶な話だ。芳村さんは嵌められたんだよ。レプリカ公演だというのを黙っていれば共犯者、告白すれば世間から見たら贋作者。芳村さんは後者を選んだ。彼にもわずかながら責められるべき点がある。腕前の程を自覚せず、安易に複製を引き受けてしまった。それに気付いて、みずからも罪を背負うことを選んだんだろう。しかし川獺を道連れにするつもりでレプリカ公演を認めたんだとしたら、残念ながらそのカウンターパンチは空振りだった。公演関係者がいささか恥をかき、芳村郁は謂《いわ》れなき汚名と深い心の傷を負ったものの、金銭的な被害者はどこにもいない事件なんだ」

「川獺は今――」

「商売も順調らしいし、芦屋《あしや》あたりの豪邸で高鼾《たかいびき》だろう」

「一方の師村さんは、過去を恥じて名前まで変えて――。なんか私、そいつ、云っちゃっていいですか？」

「どうぞ」

「殺したい」

「同感だ。でも物語はまだ終わっていない。同じ殺すにしても、俺の話を最後まで聞いてから手段を考えたほうがいい。芳村さんが川獺からの依頼を受けたとき、その父申之助は既に死病の床にあった。布袋久の修復にレプリカの製作、芳村さんが彼らしからぬ派手な仕事を引き受けたのは、きっと父親が生きているうちに見せたかったからだろう。しかし申之助の命は公演まで保たなかった。しかも結果が話したとおりだ。責任を感じた芳村さんは相続したばかりの家屋を売り払い、得た金を手に海外へと旅立った——五つのかしらを探しに。闇マーケットにまで流れてたんだろうな、彼がそのうちの二つを買い戻して、旧知の、軽井沢のコレクターの前に現れるまでに、七、八年を要したそうだ。資金が尽きていた彼は、コレクターにそれらを買ってほしいと頼んだ。彼女は相応の価格で買った。彼は再び旅立っていった。そして数年してもう一つ。コレクターはまた買った。このとき芳村さんは云った、『これで諦めます』と。理由を問われて答えた、『女房が首を吊っていました。このところ電話をするたび、もう死んでしまいたいと云っていた。私は本気にしなかった』」

私は手にしていたグラスを、今度はゆっくりとテーブルに置いて、左右を見て、自分が現実のなかにいることを確認した。蛍光灯に照らされたソファ、ヴィニルクロスの壁紙、向き合っていながら共に携帯電話のディスプレイを見つめているカップル——。

「ちょっとお手洗いに」とバッグを手にした。

束前さんは黙って頷いた。

洗面台の前で激情にまみれてさんざん泣いて、ふつか酔いの狸《たぬき》のような顔になり、手持ちの化粧品で修復を試みたけれど、座席に戻るときにはもう、別の女が来たと思われても構わないと開き直っていた。束前さんがどう感じたかは、彼が触れなかったのでわからない。ワインの罎は空っぽ、彼は珈琲を飲んでいた。

「師村さんの奥さまは――」と席に戻り、彼女を死に至らしめたものへの憶測を語ろうとしたが、ふさわしい言葉を見つけるまえに、

「物語を括《くく》ろう」と遮られた。「義憤からか蒐集家としての矜持《きょうじ》からか、コレクターも自分なりの網を張った。蛇《じゃ》の道は蛇《へび》、人形に関してだったら彼女は闇マーケットにも通じている。今般やっと在処を突きとめ、持ち主の言い値で買い取った四つめのかしらが、ガブだ。幻の布袋久は、小田巻姫を残して、あとは日本に戻ったよ。――やれやれ、あんたが疑り深いせいで、とんだ長話をする羽目になった。芳村さんにだったら『ガブが待ってる』で通じたんだ」

「そっちが、アナグラムだの、ややこしいことを云いだすからでしょう」

「アナグラムは俺の個人的な発見だ。しかしまさか、いっさい素性を知らずに雇ってるなんて思わないだろ？　あんたに鎌かけてても埒《らち》があかないとようやく気付いて、コレクターに問い合わせたまでだよ。これで伝言も芳村さんに伝わるだろう。そのまえにコレクターと話したければ、この番号へ。じゃ、飲み終わったら失礼するよ」そう云って

紙片をテーブルに置き、ほぼ同時に珈琲を飲み干してしまった。腰をあげた。

「え」と私は情けない声をあげた。「師村さんのそんな話を聞かせておいて、放り出して帰っちゃうんですか」

「どうしろと。一緒に朝までしみじみと世を儚《はかな》むかい？　店番の坊やでも呼び出せば。彼なら適任だ。でも俺は生憎《あいにく》と——云ったろ——とても忙しい」

「さようなら」と私はむくれた。「二度と私の前に現れないでください」

「用の無い限りはね。ごちそうさま」

東前さんは店から出ていった。私はメモと共に取り残された。携帯電話の番号だった。ひどい癖字《くせじ》だ。7だか9だかわからない字があるじゃないの。いや4にさえ見える。

区別がつかないと——いや、掛けてみて通じなかったと彼を追いかけ、たった今の態度を詫びたほうがいいのではないかと思いついた。私は携帯電話を手にした。判別できない数字は第二候補の9として押した。呼出し音。

「はい」と落ち着いた声の女性が出てきた。コレクターに違いないと、なぜかその一瞬にして私は確信したのである。

「あの——あの、夜中にすみません、私」

「玉阪さんね」と見事に云い当てられた。「お電話がある頃だと思っていました」

「あ、でも玉阪というのは」

「違う方？」

「屋号なんです、戦前からの」

「そう」笑みを含んだ、深みのある声だった。

†

遠からずコレクターが人形堂を訪れることも、自分が彼女に連絡をとったことさえ、私は師村さんに云わずにおこうと決めた。つらい数日間となるのを覚悟していた。

ところが翌々日、よりによって颱風《たいふう》が上陸して、関東を直撃した。店の前の通りは水浸しとなり、消防団に頼んで土嚢《どのう》を積んでもらわねばならなかったばかりか、颱風一過、気が付いてみれば、軒《のき》から雨避けのテントがきれいさっぱり消え失せていた。この行方は未だ不明である。

弛《たる》んで上に水が溜まり、そこからたかたかと水が滴《したた》るので、遠からず換えねばならないとは思っていたが、こういう品物は決して安くない。帳簿やカタログと向き合い頭を掻きむしったり、冨永くんにテディベア以上のヒット商品を、と厳命したりおだてたりしているうち、否応なくその日に至っていた。

午前のうちにやって来た。店に横付けされた大きな自動車にはっとなり、

「何曜日？」と冨永くんに訊いた。

「テントの施工だったら明日ですよ、金曜って云ってたもん」

今日だ。「いくら私でも、テントがロールスロイスに乗ってくるとは思いません」

彼は窓外を眩しげに覗いて、「わ、ファントムだ。映画の撮影でも?」

見返してきた彼に、私はかぶりを振って見せた。

さきにお付きの男性が入ってきた。コレクターが女性という知識がなければ、私は人違いしていただろう。身にぴったりと合った、それでいて流行とは無縁な背広を粋に着こなした、私の父ほどの年輩の紳士だった。彼が一礼したとき、初めてコレクターの姿が見えた。彼の背中に張りつくように立ち、片方の手はその肩の上にあった。もう片方の手には、白い杖が握られていた。

――がご挨拶にうかがいました、と紳士はコレクターを紹介した。シャネルのニットを纏《まと》った老女の口許に、微笑がうかんだ。しかし両眼は色濃い小さな硝子で隠され、顔そのものも、私たちには見当違いと感じられる方を向いている。盲人だった。

「初めまして」と彼女はお辞儀し、名前を云った。「でもコレクターで結構。みんなそう呼びますから。どうかお見知りおきを」

初めまして、と云ったつもりが、ありえあっし、と意味のわからない発語になった。

彼女は、今度は正確に私のほうを向いて、「澪さんね。お会いできて嬉しいわ」

冨永くんも、ありえあっし、と云った。

コレクターは振り返り、「冨永くんね？　素晴しい才能の持ち主と、束前くんから聞いているわ」

やおんな、と冨永くんは頭を振った。きっと「いやそんな」と云ったのだろう。

「郁《いく》ちゃんはお留守？」

「いますよ」工房の暖簾が動いた。師村さんが姿を現し、どことなく硬い表情で、「お久し振りです」

コレクターは深呼吸して、「いいお店ね。郁ちゃんが選んだだけのことはある。お薦めの人形があったら見せてくれませんこと」

師村さんはつっかけを履き、「まあお坐りください。お薦めだったら冨永さんのテディベアです。冨永さん、熊ちゃんを」

お付きに誘導されてコレクターはベンチに坐り、彼に杖を渡した。冨永くんが窓辺に飾ってあった自作のベアを取ってきて持たせた。

彼女は楽しげに両手で撫でまわした。しかし、やがてきっぱりと突き返して、「いびつね。こんな不良品は買いませんよ。だっていま私が買ったりしたら、あなたの成長はここで停まってしまう」

冨永くんは殴られたような顔つきで、云うに事欠いて、「もし見えてたら、違う感想かも」

「冨永くん！」

しかしコレクターはいっそう楽しげに、「あらあら、子供の頃に戻ったみたい。そう云って私に意地悪する男の子がたくさんいたわ。きっとみんな、私のことが好きだったのね。もし私にその縫いぐるみが見えたなら、きっと気持ち悪さに嘔吐していることでしょうよ。だって私、生まれてこのかた視覚を使ったことがないんですもの。初めての船旅や初めてのお酒と、同じ目に遭って大変じゃないかしら――私自身も、まわりの方も」

「なぜ、ここがおわかりに」と師村さんが話題を変えた。

「東前くんが、あなたと思しき人がここにいると。それで社長さんに確認しました」

師村さんは私を見た。私は神妙に頷いた。

「まだなにも知らないって気配ね。じゃあ私の口から告げましょう。布袋久作、清姫役の――東前くんならまだしも、この池上《いけがみ》までが間違ってガブと云うの――角出しの山姥《やまうば》、アルゼンチンに見つけましたよ。そして買いました」

「そうですか」師村さんは噛みしめるように云い、深々と頭をさげた。「感謝します」

「私が生きているかぎり余所へは売りませんし、ほかの主要コレクション同様、私が死んだら然《しか》るべき場所に寄贈されるよう手配中です――が、もし近々に不慮のことがあったら、ぜひ池上の相談にのってあげてちょうだい」

「わかりました」

「もう一つ。国立文楽劇場の大澤《おおさわ》さんが、ご高齢につき新しい座付きの人形師を探しておられます。郁ちゃんの名前を出したら、もし引き受けてもらえるなら願ってもない、とのこと」

　師村さんは口をぽかりと開けた。「でも私に、そんな資格は」

「資格が必要な仕事ではないわ。必要なのは技量。もし川獺の仕事を受けた過去を気にしているんだとしたら、大澤さんは最初から意に介していないそうよ。職人には腕をふるう場が必要で、逆にその場を与えられたなら、たとえそれが悪魔に捧げる呪わしい人形であれ、全身全霊を捧げるべき。あなたは立派な仕事をなさった、と」

　師村さんは唇を嚙んだ。小鼻が小刻みに動く。やがて振り払うように、潤《うる》んだ眼でコレクターを見返して、「角が出ませんでした」

「不思議ね。郁ちゃんがこさえたレプリカも、今は巡り巡って私の手許に。私が遊んでいてもちゃんと出ます。きっと魂を込めすぎて、小田巻姫との仲を嫉妬されたのね」

「その話はもう――」と師村さんが押し留める。小田巻姫と譬《たと》えられたのは、亡くなった奥さままであろう。

「ごめんなさい。で、大澤さんにはどうお返事しておく？」

「今はほかの仕事がある、と事情をお話しください」

「ほかからも引合いが？」

「いえ、この店の」

「まあ」とコレクターはおおいに驚いて見せた。「ここではどんな人形をお作り？」

「冷泉の人形のとき、お話ししたとおりですよ。もっぱら一般の方が持ち込まれる人形の修復を」

「冗談だと思っていた」コレクターは顔を左右に廻し、「でも本当にいいお店。いい、

人形の匂いがする。郁ちゃんが気に入って、才能を無駄づかいするのも無理はないわ。

古い人形の匂いもするけれど？」

本当は見えているのではと内心疑いながら、「私が継ぐ前から置いてある物が、まだ

少し」

「お薦めのを見せて。あはは、いつも思うの。見えないのに見せてって奇妙じゃな

い？」

「いえ——」どれがお薦めともつかないので、ショウケースから古い市松人形を取り出

し、彼女の膝に抱かせた。

彼女はその頭を撫で衣装を撫で、頬には指の背を滑らせた。次いで、顔を近づけては

そこかしこを嗅いだ。「埃くさい」

「すみません」

「吉永《よしなが》さん——先代の翠光《すいこう》。違う？」

私はあわててショウケースの前に戻った。箱があったはず。どこ？

「そのとおりです」と師村さんが代わりに答えた。「澪さん、箱だったらケースの上」

コレクターは頷いて、「ほとんど同じ物を持ってる。でもこっちのほうが出来がいいわ。売ってちょうだい。池上」

紳士が上衣《うわぎ》の内側に手を入れる。冨永くんが来て私の手から桐箱を奪った。「澪さんはレジ」

「箱だけ包んで。この子は隣に乗せて帰るから」

はい、と冨永くんはお座なりな返事をしたが、包装作業は普段より慎重だった。

「いいチームね。でも郁ちゃんに相応《ふさわ》しい店とまでは思わない。考えが変わったら電話して」

店にあったうち、最も単価の高い人形を現金で買って、コレクターは帰っていった。

「売れる日が来るとは思わなかった」

冨永くんはにこりともせず、「ショウケースごと触らせればよかったのに。シムさんがいるかぎり何度も来そうだから、また売りつければいいか」

「来るかもしれませんね」と師村さんは頭を掻いた。「古くからの知人です。口は悪いが悪意はありません。お騒がせしました」

「シムさん、本当はイクさんっていうの？」

「ニックネームです。気になさんないでください」

「それにしても驚いたな、国立文楽劇場から引合いだなんて」

「その点も聞かなかったことにしてください。若い頃は目上に負けるかという意地で張りつめていましたが、思い返してみて楽しい日々ではなかった。今のほうが穏やかで幸せです。作業に戻ります」

工房に向かおうとする師村さんを、ちょっと、と私は呼び止めた。

「お話があります、冨永くんにも」ふたりの顔を、店内の各所を見回す。それから、

「私ね、近いうちにこのお店、閉めようと思うんです。突然でごめんなさい。でもしばらくまえから、真剣に考えていたことです」

師村さんは目を見張ったが、案外に沈着な口調で、「別のご商売でも？」

私はかぶりを振って、「まだ特に考えてませんけど、もう人形は——。この時代にこんな小さな規模で人形だけ扱って、なんとかやってこうなんて、やっぱり最初から無理がありました。今までは変に運がよかっただけです」

「これからも変にいいかも」と冨永くん。

「さっきの市松人形で使い果たしたわ。いっそ商売には見切りをつけて、祖父を追ってニュージーランドに移住しようかな。叱られも嫌がられもしないでしょう、可愛い孫な

んだから」

「ご本意ならお止めすることはできませんが」

「師村さん、手許の仕事がぜんぶ片付くまでに、どのくらい日数が必要ですか」

「そう――二週間くらいでしょうか。新規の仕事が入らなければ、ですが」

「新規の仕事は入れません。冨永くんは？」

「僕のは一週間もあれば終わっちゃう」

「では冨永くんは一週間後、師村さんは二週間後に解雇します。それまでに荷物をまとめておいてください」

冨永くんは唇をとがらせ、「一方的だなあ。労働基準法に違反してない？」

「店が無くなるんだから仕方ないでしょ。臨時収入があったから、気持ちほどですが退職金を支払います。ふたりとも次の職場を見つけてください。今までありがとう」さげた頭を、そのまま上げられなくなった。

「新製品開発のプレッシャーから解放された代わりに、僕は退職金はいらない。でないとテント代が払えないでしょ」

顔を上げた。「忘れてた。返品できないかしら」

「名前入れてもらったじゃん。ほかにも玉阪人形堂があれば買い取ってもらえるかもね。あると思う？　こんな店」

晩、師村さんは重たげな段ボール箱を抱えて工房から出てきた。目下の作業に使う目処のない道具や素材や資料を、とりあえずまとめたとのこと。宅配便に出しておきますかと訊けば、代金が勿体ないから電車で運ぶとおっしゃる。店で払うから、と云うと余計に退かなくなった。

「じゃあお手伝いします。私も一緒に」

「これしき独りで大丈夫です」

「手伝わせてください。我儘《わがまま》が過ぎますか。許されませんか」

師村さんは困り顔のあと、一息ついて微笑し、「では途中までお願いします」

シャッターを降ろして一緒に店を離れた。私が箱に手を延べようとするのを師村さんは嫌がって、だったら鞄を持ってほしいと云った。たしかに、前や横をちょろちょろ付きまとわれても迷惑だろう。

帆布の鞄を肩にその横に並び、彼の父親の名を出した。コレクターから教わったのかと問われた。

「東前さんから師村さんの本名を聞かされて、自分でインターネットで調べました。じゃあ師村さんも関西？　訛りがありませんね」

「母が関東人でしたから」

「下町の方？」

「いえ、東京じゃありません。どうして？」

「今の、初めて店に来られたとき書かれた住所が、そうだったから」

「東京に流れてきたとき、ほかを思いつきませんでした、人形町の界隈しか」

漫然と追従していると途中で追い返されそうなので、初めの電車に乗り込むときから、次は？　次は？　と先回りを心掛けていた。私鉄、地下鉄、地下鉄、地下鉄――三十分余りのあいだに三度も乗り換えた。

地上に出る寸前、何番の出口？　いえもうここで、と予想どおり押し問答になったが、けっきょく師村さんが折れた。こう念を押された。「好奇心から生活を覗かれるのでしたら、まるで時間の無駄ですよ。手狭な2DKに独りで暮らしています。人形はありません。工具や資料はぜんぶ箱に詰めて、一室に積み上げてあります。もう一室に亡くした家族のための小さな仏壇があって、眠るのもそこです。本当にそれだけです」

ビルの狭間の湿った路地沿いに、学生が住みそうな古いアパートが現れた。一階の一室だった。ドアの前で追い返すのも酷と思われたか、お茶でも、と云われた。

師村さんによる描写に誇張はなく、仏間には人形の影どころか、テレビの一台も無かった。遺影の奥さまは潑剌《はつらつ》とした雰囲気の美女で、それを初めは救いに感じたものの、喪失の大きさに思い至ると余計に胸が痛んだ。

前の住人が置いていったという年代物のダイニングテーブルで、お茶をいただいた。壁にピン留めされた写真を覗き、息をのむ。師村さんの出勤初日、冨永くんと私と三人して店の前に並び、通行人にシャッターを切ってもらった一枚だった。この人の家族は私たちだったのだと悟り、嬉しく、哀しく、飾ってくれたことにお礼を云いながらうつむいて涙した。

小さな店に縛りつけて、やはり赦される人ではなかった。表舞台へと返さねば。帰途の私は、店じまいの決意にようやっと胸を張っていた。そして心が移らぬうちにと、その晩から店舗を売却する算段に入ったのである。

# 七　スリーピング・ビューティ

「外に猪《いのしし》がいる。三頭も」と叫びながら、早苗《さなえ》ちゃんが玄関に飛び込んできた。男性をそう比喩《ひゆ》したのだと思いこんだ私は、笑いながら立ち上がり、「私が出て、どなたって云ってあげようか」

「危ないからやめて。こないだも怪我人が出たんだから」

「――本物?」

「偽猪ってどんなの。世田谷《せたがや》にいるの」と真顔で問う。

早苗ちゃんは従妹《いとこ》だ。顔だちが幼いのでときに高校生と間違えられさえするが、本当は私と七つ違いで、大台までの日数を正確に数えては鬱々《うつうつ》とするという、おかしな趣味がある。

子供にとっての七歳は天文学的な隔《へだ》たりだから、早苗ちゃんが高校を出るまで交流は薄かった。もともと親と折合いのわるかった彼女は、卒業するとすぐさま山梨から東京に出てきた。水商売で生計をたてていると聞いたときは、少なからず心配した。やがて私の前に現れた彼女は、ひっつめ髪に黒いタートルネック。劇団に所属している、その先輩のお店で働いていると、化粧っけの無い笑顔を振りまいた。

役者としては序の口のまま、なんでも恋にやぶれたら東京が厭《いや》になったとかで地元に舞い戻った彼女だが、実家には戻らず、生計は相変わらず水商売でたてている。甲府《こうふ》の素人劇団など手伝って、それなりに忙しそうだ。

根が女優だから、とよく云う。店のお客に対して過剰に演技してしまう。男性とのトラブルが絶えないのはそのためだそうだ。メールの話題がいつもそんなだから、猪と聞いたとき、誤解した。

流し台の前に並び、窓を開けて外を覗いた。アパートは野菜畑に面している。深夜だったがこちらからの灯りで、大きな獣たちがのそのそと動いているのを確認できた。人里にも下りてくるとは聞いていたが、こうも身近な話とは思わなかった。

「どうするの。どこかに通報する?」

早苗ちゃんはかぶりを振って、「下手なとこ連絡したら殺されるもん。満腹したら山に戻るだろうし」

早苗ちゃんは猪たちに同情的だ。人と棲み分かれたいのはむしろ彼らのほう。増殖して四方八方から迫る人里が、それを不可能にしてしまったのだと。

「早苗ちゃんが帰ってからまたコンビニに行けばいいかと思って、なにも買ってない。

「冷蔵庫は空っぽだし、酒も無いか、きのう飲んじゃったもんね」早苗ちゃんは小さな台所を見回し、「あ、姉さんにはとても出せないと思ってた代物なら、上の棚に入ってるけど。ラーメン菓子。それおつまみに、梅酒でも飲んでごまかそうか」

ラーメン菓子に梅酒。悪くない。と顔に出た。

早苗ちゃんは頷いて、「そうしとこうか、もう」

「でも、あのちっちゃい袋のでしょう」

「枕にできるほどあるよ。私、箱買いするから。非常食に便利なの、お湯かけてさ」彼女はさきに流しの下の戸を開き、硝子《ガラス》の瓶《かめ》を引っ張りだして、「これ梅酒。三年くらいまえに漬けたんだけど、なんだか唇がぴりぴりしたんで、ほかしてある」

「変なお酒使ったんじゃないの」

「余ってたの、ごんごん投入したからなあ。今はマイルドかも」

梅酒は琥珀色で、煎《せん》じ薬のような匂いがした。

「悪酔い必至って感じね。ラム入れた?」

「ラムは無かった。さつま白波にカティサークにワンカップ大関に桂花《けいか》陳酒《ちんしゅ》に——あと忘れた。味見、澪《みお》姉さんからどうぞ」

お玉杓子でコップに移してくれたのを、恐る恐る舐める。早苗ちゃんの顔を見返した。

「凄く美味《おい》しいような気がする」

「どれ」と彼女は私の手からコップを奪い、「——わ、凄い、子供のころ想像してたカクテルの味」

私の寝床を兼ねた炬燵《こたつ》へと、瓶や食料を運んだ。まだ炬燵の時期ではないけれど、ここには余分な蒲団が無いのだ。小一時間でへべれけの女が二人、出来上がった。

「人形堂の話、タブーかもしれないけどさ」

「いいよ、べつに。ていうか、訊かれないから不気味だった」

「本気で閉めるの」

「もう閉めたの。従業員解雇しちゃったから、再開もなし」

「で、どうするの」

「だから無理。あんな店にあんな条件でいてくれる人たちなんて、永久に見つかりっこないもの」

「じゃなくて姉さん自身」

「私？　ああ——どうしよう。長々と居座られても、早苗ちゃんも迷惑よね。ごめんね、実家も今や2LDKだからリビングしか寝るとこなくて」

「べつに、飽きるまで居てもらって構わないけど」

「そういうわけにも。本当は当分のあいだ距離をおきたいんだけど、仕方がないからいったん人形堂に戻って、店舗を借りてくれる人か上の住居ごと買ってくれる人が見つかるまでに、なんとか新しい仕事を見つけて、新生活の目処《めど》をつけて──な感じかな」

「ニュージーランドは？　そう云ってたじゃん」

「そうそう、そうなのよ、早苗ちゃんが帰ってきたら、まずこの話をする予定だったのに、猪で吹っ飛んじゃってた。今日、いちおう電話かけたのね、あのいかれ爺さんに。どうなってたと思う？」父方の繋がりなので、例の祖父は共通である。

「もっといかれた爺さん」

「女が出てきた。英語の女」

「介護の人では」

「彼女。本人が認めた。現地の二十も若い女──といっても我々の両親より上な計算だけど──と意気投合して、一緒に暮らしはじめたんだって。まだ嶋夫《しまお》たちには云うなって口止めされた」嶋夫というのは私の父だ。「で、そっちにしばらく身を寄せたいなんて、とても云えなくなっちゃって」

「人形堂、閉めたって話は」

「連動して云えなかった。そのうち、うちの親から伝わるでしょ」

早苗ちゃんは大きく溜息をついた。私の代わりについてくれたのかと思いきや、「恋愛においても大器晩成の家系かしら」

「ちょっと待て。いかれ爺さんは二十代で結婚した」

「恋愛とは云えないっしょ。お祖母《ばあ》ちゃんだって、婿に入ってくれる職人なら誰でもよかったって白状してたし」

「本当？」

「驚いてるの」

「長年の想像が当たってたことに」

早苗ちゃんは大笑いした。笑いを残したまま伏し目になって、「爺さんにとってみたら、玉阪《たまさか》の屋号と結婚したようなもんだ」

姉さん姉さん澪《みお》姉さん電話、という早苗ちゃんの声で、その音楽が夢を彩る《頭痛のテーマ》ではなく、バッグの中からの呼出し音だと気付いた。薄目までで、挫折した。頭のなかで何者かが銅鑼《どら》を乱打している。

「代わりに出て。不動産屋かも」と掠れ声で頼んだ。「エルメスの中」

「エルメスなんか無いけど」

「それは欲しいバッグだった。それより2ランク落ちる某社のバッグ」

「切れた」

「よかった。寝る」

「また鳴りはじめた。出るね」

「お願い」と唇を動かしながら、心は夢路に引き戻されていく。

戻りたくて戻ったわけではない。不条理で不快な夢だった。

赤土の山路沿いに、異形の剝製とも、そう模した人形ともつかない不気味な像が、間隔をおいて飾ってある。たいそう昔から飾られっぱなしらしく、どれも乾ききって表皮が剝がれ、そこかしこに糸や針金が覗き、毛髪も着物も乱れたまま固まっている。私は先を急いでいるのに、それに出合うたび足止めを食う。見たくないのに見入ってしまう。

醜い者たちなりに、洗いをかけて清潔にし、補修もしてやりたいが、私にはその道具が無い。せめて草の葉を払い、傾きを直し――それだけのことにひどく手間がかかる。彼らが厭がっているとしか考えられない。ああ、そうか。きっと目を背けられることに慣れてしまったのだ。

亡くなっています、もう二十年近く――という早苗ちゃんの話し声が夢にまぎれ込んできた。いまそちらに？　そうですか、折り返させましょうか。

短い熟睡のあと私は目覚めた。三十分ほどだったとあとで聞いたが、頭のなかのリズムはジャズの4ビート程度まで静まっていた。「誰かと、お祖母ちゃんの話、してた？」

早苗ちゃんは上衣《うわぎ》に袖を通しながら、「ちょうどよかった。なんか食料買ってくるね。お祖母ちゃんのこと話してたよ、不動産屋さんと。人形堂のお客がシャッターの貼り紙を見て、仕方なく不動産屋のほうに行ったんだって」

「なんでお祖母ちゃんの話題？」

「昔の知合いみたい。連絡とれないかって訊かれたから、お墓教えといた。あと人形堂、買い手がついたって」

跳び起きた。「どこ」

「商社って云ってたけど、私が聞いても仕方ないと思って、詳しくは」

早苗ちゃんは出掛けていった。私の電話は炬燵の上に移動していた。

祖父が懇意にしていた、同じ商店会に属する不動産屋の、社長だ。初めは、店を売るにせよ貸すにせよ自分の手でと意気込んで、ウェブサイトを巡ったり図書館に通ったりしたのだが、得られた結論は、餅は餅屋。

社長は私に親切だったが、気長にね、とも云われていた。

「ああ澪さん、ふつか酔いは大丈夫？」といきなり。早苗ちゃんのお喋り。「なんと武《むさ》蔵《し》野《の》金魚が、まるごと買い上げたいって連絡してきてね。武蔵野さん、知ってるよね」

「名前くらいは」と釣られるように答えたものの、実際はよく聴き取れていなかった。

武蔵野林業？　民業？　しかし、なんとなく聞き覚えがあった。

「どこがどう条件に嵌ったんだろうね。流行りのアンテナショップでもこさえるのかね。こっちの呈示条件で構わないってんだけど、もちろん話を進めて——？」

「進めてください」と返事した瞬間、くらりと平衡感覚がくるった。みずから売りに出しておきながら、あんな店は売れっこない、覚悟をきめるのはとうぶんあとのこと、と変に高をくくっていたのだ。今、玉阪人形堂は私の人生から消えた。いや世の中からも。

祖母の知己は、まだ不動産屋に居残っていた。電話に出てきた。

たいそうな老人の声音でゆっくりと、自分は戦前、玉阪屋があった町にいて、その小学校の訓導《くんどう》だったと私に伝えた。「直していただきたい人形がございまして、六十年ぶりに東京に出てまいりました。ホームの人がインターネットをあたって、玉阪屋さんが今は修理がご専門と教えてくれました」

「先日までそうやって営業していましたが、今は閉めました。職人もおりません」

「青い眼の人形です。せめていま一度、渚《なぎさ》さんにお見せしたかった」

「祖母の名を憶えていてくださって、ありがとうございます」

「それはもう。なにしろ担任だったことも」

「そうでしたか。人形の話は祖母から聞いています、子供の頃に、何度も何度も。本当は燃やされなかったんですね」

「官憲からうるさく云われないうちに燃やしてしまえというのが職員会議での決定で、若い私に役目がまわってきました。しかしできませんでした。燃やしたと報告して持ち帰って、風呂敷に包んで行李の底に——それきり、先般老人ホームに入るのに荷物を整理するまで、何十年も眠っておりました。時が経ちすぎたか、起こせば開いたはずの青い眼が開きません」

「なぜ抗議に行った祖母に、真実を話してくださらなかったんですか」

「人形を残しておったことを、あまり喜んではくださらないようだ。それにしても直りませんか」

話にしか聞いたことのない、祖母が守ろうとした青い眼の人形。本当は奇蹟的に残存していて、いつかこの手に抱けたなら、どんなにか素敵だろうと少女の頃から夢想してきた。

それが現実として迫ってきたとき、私の内面を照らしあげたのは歓びではなかった。自分でも愕《おどろ》いたことに、まず苛立ちであり、怒りだった。

なぜ今頃。もはや人形堂すらこの世には無い。

「素材が軟化して癒着してるんでしょう。専門の職人ならきっと直せます。でもそのお人形の眼が開いたからといって、いったい誰が喜ぶんです？　先生ご自身ですか」

「渚さんに本当のところを告げられなかったのは、あの子には悪気がなくとも、人形を残していると人に伝われば非国民に扱われると思ったからです。すると訓導ではいられません。そういう事情から戦地に赴《おもむ》いたなら前線の弾除けにされたでしょう」

「戦時中はそうだったんでしょう。でも戦後だって祖母は何十年も生きて、ずっと人形を扱っていました。一度でも思い出してお電話の一本もくだされば、せめて悔いの一つは人生に残さずにすみました。祖母は、最期まで先生を恨んでいたと思います」

「思い出さなかったのです。戦争が終わったら終わったで、妻子を養うため親類を頼って東京を離れ、休みなく港で働き続けておりました。妻が死に、子に先立たれてからも、夢も希望もなくただ生活のために働きました。体が動かなくなるまえに老人ホームに入れるだけを貯めるまで、昔を振り返る余裕など一度としてなかったのです。本当に思い出さなかったのです。しかし今にして、私が人生で守りきれたのは、この人形だけかもしれぬとも感じます。ちゃんと直してやってから、小学校に寄贈しようと思います」

「――人形で、具合が悪いのは眼だけですか」

「おそらく。と申しますのも、行李《こうり》から出してからは、じかに触れておりませんので」

師村《しむら》さんならたちどころに直して、新品同様にしてしまうだろう。冨永《とみなが》くんでも。しかし彼らとは二度と連絡をとらないと決めている。向こうも内心では、身勝手な経営者に怒っているだろうし。私は吐息して、「神奈川にキャプチュアというメイカーがあります。そこの束前《つかまえ》さんという職人に頼んでみてください。特殊な人形のメイカーですが、腕は確かなはずです」

「玉阪屋さんでは、やっていただけませんか」

「もう存在しないんです。諦めてください。小学校に寄贈されたら、見にいきます、いつかきっと」

電話は社長に戻された。シャッターの貼り紙を見てやって来た人は、ほかにもいたという。それは今朝のことで、約束をたがえられたと云って怒っていたという。穏やかではないのでどんな人物だったかと問うと、分厚い眼鏡を掛けた口のわるい男だったとか。十中八九、束前さんだ。

「いま先生に、まさにその人をご紹介したんですけど。でも彼とこれといった約束は
――どういうことでしょう」

「こっちに問われてもねえ。連絡をとるって云うから、そっちの番号教えといたけど」

「ここ？　いま山梨ですけど」

「ご実家じゃないの」

説明は、約一時間後に早苗ちゃんが連れてきた。

「姉さん、お客さん。自分の住所、どこですかって訊かれたのって初めて」と買物袋を手に笑いながら入ってきた彼女の、背後にはなんと束前さん本人がいた。

「なぜここに」

「こっちの科白《せりふ》だ」と云いながらスーツケースを玄関に引き入れる。「俺は忙しいって何度も教えてるのに、こんな田舎まで来させやがって」

「こんなとこまでやって来て、よほど閑《ひま》なのかと思いそうですが」

「莫迦か。忙しいから今日一日しか会社を空けられねえんだ」

なるほど。「どうしてここがわかったんですか」

「姉さんが教えたんじゃないの」

「そっくりな声のおふくろさんが教えてくれた。喋り方まで、まるでクローンだな」

「やっぱりそう思いました？」早苗ちゃんがまた笑う。「狭いとこですけど、どうぞ。澪姉さんとはもう長いんですか。私にはなにも云ってくれないんだから」

「早苗ちゃん、なんか誤解している」

「ここでいいですよ。ブーツを脱ぐのが面倒だ」束前さんはスーツケースを倒し、開いた。布がぎっしりと詰まっていた。取り払われていく。

「凄い」早苗ちゃんが叫ぶ。

裸の人形が眠っていた、胎児のような姿勢で。少年の人形だ——球体関節の。

横顔に、どこかしら麗美に共通する面影がある。

「束前さんが？」と私もつい大声になる。

「試作だが、まあ合格レベルだろう。創作をやったら扱ってくれると、あんたがその口で云った。なんとか時間をやりくりして、ようやくのこと完成してみれば、人形堂は売りに出ている。そのうえ会社にはさっき、変な爺さんから電話がかかってきたらしい。うちはメイカーであって修理屋じゃないと教えても、やってくれると聞いたって強情をはられたそうだ。その犯人もあんただという。いったいどういうこった」

「店は売れました」人形と束前さんを、交互に見る。人形は作者に似る。この少年は麗美にも似ているけれど、束前さんにも似ている。張りつめていた意地の糸が切れた。私は半べそで、「ごめんなさい、もう人形堂はありません。作ってるんなら作ってるって、もっと早く云ってよもう」

「完成させられる保証も無いのに云えるか。店を畳んだのは芳村《よしむら》さんを追い出すため？ただ彼だけを追い出して、店ごと畳む必要なんか無かった」

「無理です。師村さんが欠けても冨永くんが欠けても、人形堂は無理です」

「以前、あんたには職人を使う才覚があると云った。撤回するよ。才覚ゼロだ」

「ゼロなんです。本当にごめんなさい」

「この人形を前にして決意が変わらないなら、俺にできることはない。もう会うこともないだろうが、元気でな」束前さんは布をまたスーツケースに押し込みながら、「さて会社に帰るよ」

「え、もう？」早苗ちゃんが驚く。「せめてお茶か珈琲でも」

「自販機で買いますよ。本当に、やたらと忙しくてね」

私は追いすがるように、「青い眼の人形、直してあげてください」

「俺のテリトリーじゃない。あの坊やが得意だろう」

「じゃあ束前さんからそう云ってみて。私からは連絡できない。創作人形を扱ってるギャラリーも、もしご存知なかったら彼に。詳しいから。携帯を教えます。早苗ちゃん、なんか紙」

炬燵の前に戻り、早苗ちゃんが渡してくれた彼女の名刺の裏に、冨永くんの番号を書いた。

束前さんは受け取ってくれた。ポケットに入れて、じゃあな、と出ていった。

「突風みたいな人」と早苗ちゃん。

†

「姉さん、本当にその恰好で商店街を歩くの」

電車のなかでも、また訊かれた。一度め二度めは、もちろん、と即答した私だったが、三度めともなると気持ちが揺らぎはじめた。

「そんなに変かしら」

「率直に批評しましょう。変装というよりコスプレに見える」

「なんの」

「お忍びの芸能人」

奇矯《ききょう》な恰好のつもりはなかった。早苗ちゃんから借りたサングラスとスカーフ以外は普段着だ——上衣の衿は立てているが。でもスカーフで頭を隠したのはやり過ぎだったかしら。

「だって——知合いから声をかけられたくないんだもん。閉店についてあれこれと訊かれるでしょう？」

「ちゃんと説明すればいいじゃん」

「ちゃんと説明できないのよ。決めた最初は、これは職人の未来を思えばこその英断なんだって信じられた。でも東前さんにあんなふうに云われたら、たしかに店自体を閉めることはなかったって気もしてくるし、かといって師村さんの代わりなんて見つかりっこないし、それでも無理をして開け続けてれば、東前さんのみたいな、ああいう創作人形も扱えたんだっていうのも事実だし、でもそれでまた商売を軌道に乗せるっていうのは一からの出直しと変わらないわけで、前途ある冨永くんを巻き込むのは罪深いことだと思うし、ていうのも冨永くんの育ちや性格からいって、私がきっぱりと店を閉めなかったらいつまでも——」

「わかった。わかりました」と強制終了させられた。「その恰好で歩くことを許します、今日中に不動産屋に辿り着くために」

電車が速度をゆるめはじめる。ひと月ぶりの家路。

店が売れたと聞いたら、商店街へ戻るのがいっそうつらくなった。人形堂は遠からず跡形もなく取り壊されよう。社長からの電話で契約書の作成を相談されるたび、つい生返事になった。あてどなく帰宅を引き延ばして、だらだらと早苗ちゃんのところに身を置いていた。

親身な社長もさすがに怒りはじめた。通話を切ると、聞いていた早苗ちゃんが、一緒に行ってあげようか、と云ってくれた。私は頷いて、自分のほうから不動産屋に電話し、それから、部屋中に散らかしていた自分の持ち物を鞄に詰めはじめたのである。

「ねえ早苗ちゃん、ちょっと」と、迷わず最短ルートをとろうとしている彼女を呼び止めた。「大通り沿いに行こうよ」

「なんで？　遠回りだよ」

「脇道から商店街に入れば、そう変わらないわ。人形堂の前は通りたくない」

「どうせあとで帰るんじゃん」

「やっぱり今日は帰らない。早苗ちゃんと山梨に戻る。だめ？」

彼女は吐息して、「うちに来るのは構わないよ。どうぞ。だったらますます近道を行かせてもらわないと。姉さんが山梨にいるあいだに全部が終わっちゃったら、私、もう人形堂を見られないかもしれない。私のほうが若いし、娘より息子のほうの孫に譲ろうって爺さんが考えたのは当然だったと思うけど、私だってさ、人形堂に思い入れはあるんだから」

私は早苗ちゃんに詫びた。謝ることないけど、と彼女は呟いて歩きだした。

見慣れた景色が、四方から私を責め苛んだ。玉阪人形堂は、私が譲り受けた私の店。だから機を見て幕を引くのも私の仕事——いや義務であるとさえ考えてきた。傲慢な姿勢だったという自覚はある。元来、優柔不断な性格で、五百円玉専用の貯金箱にするか百円玉用にするか、十年も悩み続けているほどだ。だから経営においては、つねに差し迫ったつもりでの即断を心掛けてきた。それでようやく、半人前の経営者だと。

ところが同じ私の内に、ひどくそそっかしい面が同居している。雑貨店で道化師を模したコイン・ディスペンサーを見つけるや、そういえば貯金箱が欲しかったし私は人形屋だし、ちょうどよかった、と慌てて買ってしまった。むかし店頭でお客が煙草代を入れていたものの、レプリカだという。だからとうぜん貯金箱としても使えるのだが、冷静に考えてみれば、これでは空き缶に貯めているのと変わりない。

要するに人としての器が小さいのだろう。いつもいつも、あのときのあの判断は正しかったんだろうかと、びくつきながら生きてきたような気がする。

シャッターの下りた人形堂が目に入った瞬間、私ははっきりと閉店を悔やんで、今からでも撤回できないだろうかと考えはじめていた。やがて、口にだしたらまた早苗ちゃんに強制終了させられるであろう、堂々巡りの思考へと至る。

早苗ちゃんが携帯電話を出し、「姉さん、前に立って。撮ってあげる」

頑なに首を横に振った。

「じゃあ私」と電話機を渡された。

「普通に押せばいいの？」

電話を開いてディスプレイを覗くと、いつなんどきレンズを向けられても必ずおどけて見せる早苗ちゃんが、直立不動でシャッターの前に立っていた。古い家族写真の一員のように。

「撮って」


不動産屋で広げられた書面に、武蔵野金魚という字面を見て、ようやく知っている会社だったと確信できた。社名のとおり元来は金魚の卸し業者だが、今はエクステリア全般を扱う中堅商社である。私が以前いた代理店も、広告の一部を請け負っていた。

「姉さん！」椅子の後ろに立っていた早苗ちゃんが、物凄い勢いで背中を叩いてきた。

「痛。なにすんの」

「ちょっと外」と眉間に縦じわを寄せて云い、ドアから出ていった。

私は小首をかしげながら、不動産屋にすみませんと残して追った。

「どうしたのよ」

「あの金額――桁、ちゃんと数えた？」

「安いかしら」

早苗ちゃんの顔は青ざめている。「安かったらこんな、気をうしなうほど昂奮しない。私の想像より一桁多い。畜生あの糞爺、姉さんにばっかり」

「やっぱり悪条件じゃなかったんだ。よかった。住んでる人間にとっては手狭な木造に過ぎないし、商店街もシャッター通りになりかけだけど、それでも世田谷だからっていう評価なのかしらね」

「なのかしらねって暢気《のんき》な」早苗ちゃんの目には、なんだか奇妙な輝きがやどりはじめている。「どう遣うつもり」

「遣わないよ。ぜんぶ爺さんに返す。そしたら親族に順当に配分されるでしょう？　いつか早苗ちゃんにも」

「切り崩すなんて勿体ない。ね、一緒に劇団つくろ。あれだけ資本があったら、凄い役者もスタッフも引っ張ってこれる。ぜったい儲かるから」

「ぜったい儲かる劇団って、言葉が矛盾してない？」

「そうかな」早苗ちゃんは腕組みをして、矛盾ではない例を考えはじめたようだった。しかし一つも挙げられなかった。

「ぜんぶ爺さんに返して、私はそう——今夜はやっぱり実家に泊まるわ。明日からさっそく仕事を探して、できたら立退きまでにアパートを借りて、そっちに荷物を運んで

——無理だったら荷物はずいぶん処分しなきゃ。やることがたくさん。早苗ちゃん、今までありがとう。ごめんね」

私は不動産屋のなかに戻った。早苗ちゃんは入らず、私が手続きを終えるまで茫然と外に立っていた。彼女の昂奮ぶりが、かえって私の気を鎮めていた。なんのことはない、数字に変えてしまえば簡単にわかる事実だった。私に、玉阪人形堂は重すぎたのだ。

「店の鍵、置いてってね」

そう社長から云われたとき、動悸を意識した。いまサインをしたことで、私はもう居住権を失ってしまったのだろうか。

「これまでみたいになかなか来てくれないんじゃ、物件を扱ってるほうとしても困るから」

私はおそるおそる、「合鍵は持っていて平気ですか。これから引越とかいろいろ——」

「だから合鍵のほうを。店の鍵、一個しかないの？」

「いいえ」ほっと息をついて、三本の鍵の一本をバッグから出し、カウンターに置いた。

駅で、私と早苗ちゃんは反対方向の電車に乗った。上りと下りが同じタイミングで来た。手を振って、それぞれの車両へと別れる。

ドアが閉じたあとで、私は自分が変装のままでいたこと——すなわち早苗ちゃんにサングラスとスカーフを返していなかったことを、思い出した。彼女のほうも見慣れてしまい忘れていたようだ。

数時間ぶりにサングラスをとる。夕陽が眼を射た。流れゆくプラットフォームに私は、冨永くんと師村さんの幻を見た。

†

一週間後の夕刻、商店街の歩道を踏みしめている私の心中は、長い航海へと臨む旅人のように、淋しくも澄み渡っていた。これが最後の「帰宅」になる。

処分するに忍びない荷物は、売却金の一部でトランクルームを借り、そこに保管するよう父が提案して、ニュージーランドにいる祖父の許諾も得てくれた。

売却を知った祖父の様子を尋ねると、ただ、俺も売った、と笑いこけていたという。どこまで本音の笑いかはわからない。

私の新しい仕事は見つかっていない。ここ数日の就職活動は、少々高望みが過ぎたかもしれない。誠実に働く歓びを、私は人形堂に教わった。どんな職場にだってそれはあるだろう。先入観から無理だと決めつけていた職種にも、これからは範囲をひろげて探そうと決めている。

トランクルームは、大手の運送屋が経営しているところを選んだ。正直、割高だと思ったが、預けるぶん、実家に運ぶぶん、私がまた自分の部屋を借りるようになれば、それらの複雑な行き来も生じるのだから、そういう会社にしか頼めなかった。どちらに運ぶのか、それとも捨てるのか、わかるよう違う色のテープを貼っておいてくれと云われた。今日、その選別をする。深夜、疲れ果てた私は、這うように二階に上がって眠るだろう。人形堂での最後の睡りだ。

店が見えてきた。私の——ううん、みんなの玉阪人形堂。ぎりぎりの経営だったけど、あちこち古びて汚かったけど、なんて素敵な店だったことか。

自然な光景だったので、よほど近づくまで先週との違いに気付かなかった。気付くや、鳥肌がたった。シャッターが開いている。不動産屋に鍵を預けていたのを思い出した。

武蔵野金魚の人たちが、店内を見にきたのかしら。

しかし木枠の窓越しに店内を覗くに至り、私は自分の視覚を疑わざるをえなくなった。

この早苗ちゃんのサングラスって、夢想癖を媒介してない？　縫針をあやつっている冨永くんの姿が見える。

どうも私は、夢幻の境に彷徨いこんでいるようだ。足を鳴らしてアスファルトの感触を確かめる。間違いのない堅さが足に伝わってきたが、その足と脳味噌が連結しているという確信が得られない。

いっそう店に近づいた。硝子の向こうの影が顔を上げた。

私は、ドアに手をかけた。

押した。カウベルが鳴る。

「お帰りなさい。思ってたより遅かったね」

どこまでが現実？　店内を見回す。収納を兼ねたベンチには、大ぶりな少年人形が坐っていた。顔に見覚えがある。今は裸ではない。半ズボンにジャケット、蝶ネクタイ。可愛らしい革靴まで履いている。冨永くんのセンスだ。

自分の机に目を向けて、いっそう愕いた。ケープを着て帽子をかぶった、量産の西洋人形が坐っている。つぶらな蒼い眼が、誰、と私を見つめ返す。

「シムさん、澪さんが帰ってきたよ」

奥の暖簾《のれん》に目をやる。まさか。

しかし暖簾は動いた。師村さんが顔を出し、「あ、お帰りなさい」

嬉しかった？　とんでもない。私はひたすら目覚めようとしていた。実家のソファで眠りこけている自分に戻りたかった。なのに、ちっとも戻れない。変だ。

どんなにリアルな夢においても、人はそれが夢だと勘づいているもの。

荒唐無稽な現実は、現実と確信されているからこそ、そう感じられるのだ。

ここは、どっち？　認識の起点を私は完全に見失っていた。白と黒がわからないようなものだ。上と下がわからないようなものだ。自分自身の生死すら、もはや定かではなかった。

私は恐怖した。人生最大の恐怖だった。

後ずさった。師村さんから、冨永くんから、人形堂から、すこしでも距離をおこうとした。

歩道に出て、見上げる。真新しい緑色のテント。玉阪人形堂の文字。

その上には私の住居。カーテンの手前に、窓枠に飾ってあるコイン・ディスペンサーの後ろ姿が見える。

私の名を呼びながら冨永くんが外へと出てきた。私はいっそう怯えた。車道に逃げた。で、ちょうど通りかかった自動車に撥ねられた——のだと今は理解しているが、そのとき認識できたのは、肉体が関節ごとに分解するほどの、意識が粉々になってしまうほどの、理不尽な衝撃ばかり。

「目を覚ました」

冨永くんの声が聞えたような気がしたが、視界に現れたのは別の顔だった。

眼の焦点が合ってきた。この制服は救命士。寝台が揺れた。また揺れた。

ずっと響いているこの音は、サイレンだ。ここは救急車の中だ。

若者好みの角張った乗用車の、ボンネットの黒い輝きを思い出した。ゆったりと近づいてくるように見えたが、衝撃は凄まじかった。人間は、私は、こんなにも脆いものかと――。

「僕、わかる？」と、今度は冨永くん自身が覗きこんできた。

「冨永くん」

「あの人はわかる？」と自分の背後を示す。

首をまげて視線を送った。その人は黙って頭をさげた。

「師村さん。どこからどこまでが現実なの」

「脚、折れてるよ。痛む？」

「わからない――あ、左が熱いような気も」

「今は麻痺《まひ》してるんだね。そのうち痛くなってくるよ。どこまで現実って、人形堂だったら全部。ほかの妄想は知らない」

「売却したの、武蔵野金魚に」

「そう。売りに出たから買ってもらった。初めて親父に土下座したよ」

「親父って誰」

「武蔵野金魚のオウナー社長。ということは澪さんがこのまま放っておけば、いずれ僕が人形堂のオウナーかも。性格的に向いてないと思うけどね。どうする？　買い戻す？」

「わからない。だって師村さんがもういない。国立文楽劇場だもの」

「そこにいるじゃない」

「なんでなの」

「籍を置けたわけじゃないんです」師村さんが顔を近づけてきた。サイレンに抗してか、彼には珍しい張りのある声音で、「いざ大阪に行ってみましたら、どうやらコレクターの早とちりもあったようです。大澤さんはたしかにご高齢で、一時は不安もあってピンチヒッターを探されたようですが、現状、若手に技を継承できない状態ではない。それでも、劇場に出向いた事情を話しましたら喜んでくださって、特殊な人形については今後頼んでくださることに。しかし座付きになったわけではありません。新たに作業場を借りるほかないかと思っていましたら、冨永さんからご連絡が」

「大阪と距離はあっても、慣れた作業場のほうがいい仕事ができるでしょ。僕がお手上げの人形を手伝ってもらえるし」

すぐ耳元で発せられる冨永くんの言葉もまた、小声にもかかわらず明瞭だ。私の呟きも巧みに聴き取ってくれる。

「これ、夢なのかな」

「そう思う？」

「私、本当はもっと重傷で、これって死にぎわの夢なんじゃないかしら」

「僕もシムさんも澪さんの妄想の産物？　なんだか立場がないな」

「本当の冨永くんは今ごろ豪邸の一室でアンニュイな感じでいて、本当の師村さんは国立文楽劇場の工房で腕をふるってるの。そして私は死にながら、こうだったら良かったのにっていう夢をみてる」

「たとえそうだとしても、こっちの、脚が折れて頭を打っただけの澪さんは、こっちの僕らと生きていくしかないのでは。たとえ僕らが幻でも」

「向こうの冨永くんたちは？」

「向こうのことなんてわからない」と無邪気に笑う。「ただ澪さんの想像とは違って、向こうは向こうでみんな仲良くやってるんじゃないかな。ばらばらにはなってない」

「でも私はそろそろ死んでるの、向こうでは」

「じゃあたぶん僕らは泣きながら、相変わらず一緒に人形を直したり作ったりしてくんだ。師村さんの新しいかしらには、きっと澪さんの面影があるよ。そしたら東前さんがボディを作りたがったりして」

「余計な機能は付けないでと伝えて」

「向こうに行くことがあったらね——もし向こうの僕と入れ替わることでもあったら、東前さんにそう伝えるよ。従ってくれるかどうかはわからないけど」

「向こうの冨永くんは、私の人形に何してくれるの」

「スリープアイの細工でもする？ 瞼を開くたびに眼の色が変わるからくりでも考えよ

うか」

「それ素敵」

「衣装とアクセサリの出来映えは保証する、澪さんにいちばん似合う色でね」

「エルメスのバッグも持たせて」

「いいよ」

スモーク硝子の向こうを街の灯が流れていく。窓の手前には、怪我や病気の子供をあやすためだろう、小さなキューピー人形が何体も並んで、踊り、ぶつかり、絡まって
——。

# 跋（文春文庫『たまさか人形堂物語』版）

本書『たまさか人形堂物語』は、講談社の雑誌「Ｂｅｔｈ」に『人形がたり』という題名で、二〇〇六年から〇八年にかけて連載した作品を元にしています。「Ｂｅｔｈ」は漫画と読みものが半々の意欲的な女性誌でしたが、残念ながら八号で休刊となりました。『人形がたり』も予定話を熟《こな》しきれずに一旦終了した、というのが正直なところです。

『人形がたり』と、この『たまさか人形堂物語』との大きな違いは、

一、題名の変更に伴い、人形店名が一文字屋から玉阪屋（玉阪人形堂）に変わっていること。

二、第一話と第二話が合成されて一つの話となっていること。

三、「散逸した人形のかしら」が、未だ全て集まっていないこと。

四、書下ろしの「最終公演」が加わっていること。

です。いくらか人名の変更もありますが、これは僕が作品全体を見渡しながらしばしばおこなう作業であり、似たような名前の重なりを避け読者に憶えていただきやすくす

るための、単純なものです。

変更点の一と三は、続篇を意識しての判断です。遠からずお届けできますかと。二と四は逆に、一冊の単行本としての完成度を目指してのものでした。

人形を扱った連作をものそうと決めたのは、あまりに単純な理由にて恐縮ながら、身近に人形作家や人形好きがたくさんいたからです。人形展を鑑賞する機会も多く、その奥深さに感じ入ることしばしばでした。

日本は人形大国です。段飾りの雛人形を見た外国人は「一軒の家がこんなにも人形を所有しているのか」とびっくり仰天することでしょうし、高価なレジンキャスト・フィギュアを同等にコレクションしている人も珍しくありません。清涼飲料やお菓子のおまけ、あるいは携帯ストラップとして売られている、ミニチュア人形の緻密さには誰しもが舌を巻きます。

日本で、お人形遊びは女の子の専売特許ではありません。僕が子供の時分、女の子たちが「リカちゃん」人形での飯事《ままごと》に興じる一方、男の子たちは「タイガーマスク」人形を使っての疑似プロレスに熱中していました。ボールジョイントによって可動性を高めた「ミクロマン」やダイキャスト製の「超合金」の大ヒットを経て、この流れは今も途絶えることなく玩具業界に受け継がれています。他方、素朴きわまりない紙相撲が教室で流行ったりもしていました。雑誌の付録が火付け役だったと記憶しています。あの紙の力士も立派な人形の一種です。

だるまや姫だるま、多種多様のこけし、伏見人形や博多人形に代表される土人形、木彫りのアイヌ人形、趣味で作られた木目込み人形……これらはかつて多くの茶の間に飾られていたものです。「フランス人形」と称されていた衣装に重きをおいた西洋少女の人形、褐色美人の「フラダンス人形」なんてのもありました。一文字違い。

より美術品に近い創作人形の文化も、日本にはしっかりと根づいています。またしても子供時代の記憶で恐縮ですが、『ひょっこりひょうたん島』『空中都市008』『ネコジャラ市の11人』など脈々と続いていたNHKの人形劇シリーズの、一つのピークは『新八犬伝』『真田十勇士』であり、そこで遣われていた辻村ジュサブロー氏による人形は、僕ら世代の美の原点の一つと称していいでしょう。ややあって放映されたナンセンス・ミュージカル『プリンプリン物語』を彩ったのは、友永詔三氏による球体関節の棒あやつり人形でした。そして四谷シモン氏。おそらくは篠山紀信氏が撮影なさったのであろうその作品を雑誌で見たときの衝撃、初めて原宿という駅に降り立ってエコール・ド・シモンの看板を見上げたときの感慨、いずれも忘れがたいものがあります。

テレビでしか知らなかった人形浄瑠璃を、僕が劇場で楽しむようになったのは最近のことです。洗練された仕掛の、顔も衣装も眩《まばゆ》い人形たちが、三人一組の遣い手に命を吹き込まれるさまは、やはりあやつり人形の究極形であると感じます。

ほかにもあんな人形、こんな人形、なぜさっさと挙げない？　と焦《じ》れておられる読者もおいでてでしょうが、まさしく枚挙に遑《いとま》がないのです。それほど人形文化が浸透し、話の素材なぞ選び放題なはずのこの日本に、人形をテーマに据えた小説があんがい少ないことを、僕は常から不思議に感じていました。

なにか阻害要因があるのだろうかとも訝ったりもしましたが、なに、案ずるより産むが易し、と見切り発車した連載が『人形がたり』でした。あのとき思い切ってよかった、と今でも思います。僕はこの作品をとても気に入っています。


「人形、怖い。気持ち悪い」といった声も、また耳にします。しかし『人形がたり』を怪奇一辺倒にする心算は、最初からありませんでした。人形作家や職人たちの誠意と、その感覚は、どこか相容れないような気がしていました。

鬘を失い薄汚れたマネキン人形に、僕とて不気味さを感じないわけではありません。ラヴドールと呼ばれる高級ダッチワイフの展示場で、見世物小屋のような口上で人形たちを説明されたときも、同じような気分に襲われました。

しかし一方、取材に全面協力してくださったProject LEVEL-Dのラヴドールには、生身の美女に接したときと同等の感覚をおぼえました。十九世紀ジュモーの一メートル以上あるマネキン人形を、幸運にして眺められたときも、その間然するところなき造形に陶然となったものです。ピグマリオンの心地でした。

新潟県村上市での取材で、活き活きとした竹田人形を目の当たりにしたときも、やはり怖いどころか、身近に置きたいという情動から「幾らでなら譲ってもらえるだろうか」と想像を巡らせました。『11』という短篇集では、四谷シモン氏の少年人形の顔をカバーに使うことができました。この親しみやすい美しさは、あらゆる生活空間で自分を見守っていてほしい、と感じられるほどのものです。

そんな人形を創られる四谷氏にして、こう仰有《おっしゃ》ったときには驚きました。「津原さん、人形って怖いよね」

僕には未だ察しえない、きわめて高度な「怖い」なのだと、とりあえずは納得しています。いずれ続篇にて、障子越しの雨音のようであろうその感覚にまで触れられたら、と願っています。

多数の取材に立脚していたシリーズにつき、とてもお世話になった方々すべては列挙しきれませんが、こと右に加えまして、エコール・ド・シモンの皆さま、電話で気さくに質問に応じてくださった人形作家の井桁裕子氏、村上市を御案内くださった地元の皆さまへの、心からの謝意を、末筆ながら表させていただきます。

では、またお会いしましょう。澪さん、師村さん、冨永くん、そして東前さんと共に。

# 人形遊び、本遊び

紅玉《こうぎょく》いづき

わたしはかつて、人形遊びの苦手な少女だった。

小さい頃住んでいた古い家には、ファーストフードの店を模したリカちゃん人形のセットがあって、あまりピンとこないなり、それなりにつきあっていた。ある日、友達が家に遊びにきた。彼女が帰ったあと、綺麗に並べられていたハンバーガーやポテトを見て、なるほどこの玩具《おもちゃ》は、こうやって遊ぶのか……と幼心《おさなごころ》に感心したことを覚えている。

自分のお金で人形らしい人形を買ったのは、二十歳を過ぎてからのことだった。友人のすすめで、セミオーダーのキャストドールを、はじめて「お迎え」した。

昔から特別人形が好きだったわけではなかった。少し怖いとさえ思っていた。けれどちょうど人形師の小説を書いていたし、原因は忘れてしまったけれど、強いストレスから、ぱあっと大きなお金を使いたかった。そういう、ものしらずな若い頃だった。

家に来たわたしの「娘」は世界一可愛かった。ずっしりと重量があり、質感があり、表情があった。ものしらずにしては、最高の買い物だった。

けれど、しばらくの間、存在を家族には隠していた。買ったよと自慢するには、自分のお金とはいえ大きな買い物だったから。もちろん、すぐに見つかった。「あの人形は？」と聞かれ、「買ったよ」と言った。「高かったでしょう」と母は言い、気まずさを隠しながら少し安めに値段を言った。母は怒らなかった。「小さい時にあまり人形も買ってあげられなかったから」と小さな声で言って、わたしの留守の間に人形にポージングをとらせたりしていた。

わたしはそうでもなかったけれど、母はきっと、人形遊びが好きな少女だったのだろう。

それから、家を出て、結婚をした。人形用に服を買うようなことも少なくなりながら、それでもまだ、わたしの仕事部屋に、楽器を模したケースの中に、少し肌が褪《あ》せてしまったけれど、人形がそばにいる。

まだ小さい自分の娘には、好きに触らせてはいないけれど。母も、わたしも、娘も、わたしの人形の名前を、知っている。

その、人形の顔を思い出しながら、そしてわたしがまだ未熟でなにものでもなかった頃に書いていた、人形師の物語を思い出しながら、『たまさか人形堂ものがたり』を読んだ。

津原さんの物語は、読んだあと、うなだれて「読まなきゃよかった」と思うことがある。自分では、物語をここまで精密に書けない、という事実に打ちひしがれるからだ。主宰している同人誌に寄稿していただいた時のことも忘れられない。頂いた原稿を読んで、「わたしに何が足りなかったのか」と泣いた。命の賭け方が、足りなかったというのか。そうなのかもしれない。「相手が津原さんじゃあね」と仲間はみんな呆れながらも慰めてくれた。今回はそこまで悲壮な気持ちにはならなかったけれど、この物語を読んだのが、今でよかったと思った。未熟で幼かったわたしが、わたしの人形師の物語を、完結させたあとでよかった。

おだやかで、静か。軽やかで、それでいてなんとも深い情感の物語。文章が淡麗《たんれい》であること、人物が魅力的であること、豊かな知識に基づいていること、強い興奮を覚えるような、ドラマティックな展開があること。でもそれらはみんな言わずもがなで、特筆するまでもない。充分な期待をして、心のままに、楽しんで欲しい。そして、「この本よかったね」と誰かと指をさして話して欲しい。

わたしもきっとそう言うことだろう。「この本すごくよかった」だって、「優しい話だったから」と。

作家としてのわたしは「優しいだけの話なんて」と思ってしまう、ことがある。そんな、毒にも薬にもならない物語で、癒《い》やされたりなんかしたくない、って。でも、本当は、物語のもつ優しさって、そういうことじゃないのだ。

この物語には様々な人形が出てくるし、その人形達にはみな傷や不具合があり、人形堂に持ち込まれる。それだけで、感情であり物語だ。そして、登場人物達は皆、その人形を直そうとする。ひとが、ひとに、そうしようとするように。優しい話であり、救いがある。けれどそれ以上に、誰かに、何かに優しくしたいと求める物語なのだ。

誰かに優しくすることは、時に、恋をするよりも難しい。

人形とは、その文字の通り、ひとのかたちがある。それは抱きしめることが出来、確かな質量で、実存として、隣にいる誰かと共有することが出来る。

心や、感情や、物語という、本来形のないものが、浮かび上がり、固定され、そしてわかちあえるように。

こんなにも人に似ているのに、人じゃだめなのだ。人形でなければ。うつろでなければ。不確かで揺れ動く、人の心をうつしてくれない。

本も同じだと、わたしは思う。

あまたの物語が、本という質量を介して、感情を受け止め、そして共有される。決して混じり合うことない他人と。

本来物語は、ただ、それだけだ。身の内にあるだけ。でも、本になった瞬間、誰かと共有をすることが出来る。遊ぶことが出来る。だからこそ、どのように電子が発達したとしても、本には電子書籍にはない面白さがあるし、こうして新しい形、新しい姿、新しい器《うつわ》を得て誰かと共有されることを、ことほぎたいと思う。

作者である、津原泰水さんについて。まだ少し、思い出話を書かせて欲しい。

その名前を知ったのは——正確には、「津原やすみ」という作家の存在を知ったのは、わたしがまだ古めかしいブレザーを着ていた頃。人形遊びは苦手だったが、本遊びは得意であったわたしは、地方都市の本屋で、やはり本と物語遊びが得意な同級生の男の子と話していた。彼はピンクの背表紙を指して、「このひとは、神様」という意味の言葉を言った。

天才で、神様。

まだ少女だったわたしは、その隣の棚の本を追いかけることにお金と時間のすべてをささげていたので、友達の神様の本まで追えなかったのだけれど、時間が経ち、わたしは大学生になり、その卒業の年におくったライトノベルの新人賞の、最終選考に残ったというしらせをうけた。

当時一番の応募数であったその新人賞で、運がよければわたしは作家になれるかもしれない、でも、大賞なんてまさか。そんな時期に、家族も友達の誰も、わたしが一番になれるなんて言わなかったのに、その友人だけが、やっぱり本屋の棚の前で、ニコニコしながら、レーベルの並びを指さし、「この、大賞というところにあなたが入るんですよ」と言っていた。

そして、結果は、彼の言っていたとおりになった。

作家になって、「津原泰水」さんの本を読むようになり、ご縁があって本と物語を介して交流をもつようになった。そうして今、新しい形で生まれ直す、「たまさか人形堂」シリーズの解説を書かせてもらう機会までいただけた。

改めて、本もまた、質量であり、本もまた、感情の共有だと強く思う。

今はもう連絡を取り合ってはいないけれど、この本の解説を、当時の友人が読むことはあるのだろうか。

何年経っても、何十年経っても、わたし達は本を前にして遊ぶことだろう。そしてその時に、わたしは少しばかり誇らしく、自慢げに伝えることだろう。

わたしは今、あなたの神様の本の、文庫の解説を書いている。

本書は二〇一一年、文春文庫より刊行された『たまさか人形堂物語』に書き下ろしの「五　回想ジャンクション」を加え、改題したものです。

検印
廃止

著者紹介　1964年広島県生まれ。89年より津原やすみ名義で少女小説を多数執筆。97年、現名義で『妖都』を発表、注目を集める。主な著作は〈ルピナス探偵団〉〈幽明志怪〉シリーズ、『少年トレチア』『綺譚集』『ブラバン』『ヒッキーヒッキーシェイク』など。

たまさか人形堂ものがたり

2022年4月28日　初版

著者　津《つ》原《はら》泰《やす》水《み》

発行所　(株)　東京創元社
代表者　渋谷健太郎

162-0814/東京都新宿区新小川町1-5
電　話　03・3268・8231-営業部
03・3268・8204-編集部
URL　http://www.tsogen.co.jp
萩原印刷・本間製本



ISBN978-4-488-46904-7　C0193

東京創元社が贈る総合文芸誌！

# 紙魚の手帖

SHIMINO TECHO

国内外のミステリ、SF、ファンタジイ、ホラー、一般文芸と、
オールジャンルの注目作を随時掲載！
その他、書評やコラムなど充実した内容でお届けいたします。
詳細は東京創元社ホームページ
（http://www.tsogen.co.jp/）をご覧ください。

**隔月刊／偶数月12日頃刊行**

A5判並製（書籍扱い）